# Die fünfte Erntebraut
## Amber Ambrose

# DIE FÜNFTE

# AMBER AMBROSE

# Über die Autorin

In den Büchern von Amber Ambrose findet jeder eine heiße, prickelnde Liebesgeschichte. Die Autorin Stefanie Gerken, nutzt dieses Pseudonym, um ihre romantischen Texte zu veröffentlichen.

Stefanie Gerken wurde im Dezember '89 in Hamburg geboren. Kaum Volljährig, zog die Künstlerin nach Oberfranken, dort lebt sie bis heute mit ihrer Familie.

Sie ist Autorin, Fotografin und Grafikdesignerin.

**Triggerwarnung:**

Eine leichte Triggerwarnung gibt es auch in diesem
Roman.

Erotik

Späte Bindung der Gefährten

Härtere Aussprache, jedoch nicht zu viel.

**Bisherige Veröffentlichungen von Stefanie Gerken:**

1) Sunset – Urban Fantasy – Einzelband
2) Heart oft he Ocean – Historischer Roman – Einzelband
3) Wenn du mich liebst – Psychothriller – Einzelband
4) Lichtträger – Urban Fantasy – Einzelband
5) Die fünfte Erntebraut – Einzelband
6) Sons of Rockwood – Einzelband
7) Vita Aeterna – Mary – Einzelband
8) Love me – Einzelband
9) Nightfall – Einzelband

# *Der Sammler*

Die Kutsche rollte über den sandigen Boden des Weges. Nach einem ganzen Monat voller Reisen konnte ich endlich das große Tor erkennen, das den Mondpalast vom Rest des Landes abgrenzte.

Ich hatte es wieder einmal geschafft, die letzte Erntebraut in den Palast zu bringen, bevor das Erntefest anfing.

Sein schwarzes Tor öffnete sich, als man mich erkannte und ließ mich hindurch.

Natürlich war ich es nicht gewöhnt, dass die Erntebraut in meiner Kutsche weinte, viele freuten sich darüber, dass sie ausgewählt wurden.

Aber noch nie hatte ich es erlebt, dass ich die Erntebraut in Ketten legen musste und sie die gesamte Fahrt hindurch nur schreien würde.

Innerlich war ich froh, als ich endlich vor dem großen, schwarzen Tor des Palastes ankam.

Leider hatte sich ihr Alpha dazu entschlossen diese junge Frau von fast achtzehn Jahren für die Auswahl zur Verfügung zu stellen. Nahezu jede Familie in Terra Lunaris wollte, dass ihre Tochter auserwählt wird. Immerhin hatte sie so die Möglichkeit, einen der Söhne der Alphas kennenzulernen.

Etwas, dass den meisten Mädchen eigentlich verwehrt blieb. Schon oft konnten sich so einfache Mädchen als Luna eines Rudels bewähren, obwohl ihre Stellung das eigentlich nie erlaubt hätte.

Ich stieg vom Kutschbock hinunter und trat um die Kutsche herum. Langsam öffnete ich die Tür, da ich nicht wusste, ob diese wilde Wölfin sich mittlerweile aus meinen Ketten befreit hatte. Doch, als ich sie sah, saßen die Ketten noch dort, wo ich sie ihr angelegt hatte.

Wütend funkelte sie mich an.

Schweigend reichte ich ihr meine Hand. Abgeneigt riss sie ihren hübschen Kopf hoch und stapfte an mir vorbei und die Stufen zum Tor hinauf.

Neben dem Tor konnte ich die verschleierte Gestalt von Schwester Ilara erkennen.

Die Priesterin der Mondgöttin, würde sich wie immer um die Erntebräute kümmern.


Sie war das einzige Wesen, das mit mir in diesem Palast lebte, bis die Wiedergeburt der Göttin endlich wieder einen Weg zu uns fand. Die anderen Erntebräute würden in wenigen Tagen, mit ihren Alphas wieder abreisen und zu einem der vier Rudel zurückkehren.

Nur der Mondgöttin und ihren vier Alphas ist es gestattet, hier für immer zu leben. Im Mittelpunkt des Landes.

So lange die Wiedergeburt sich nicht zeigte, würden nur wir beide hierbleiben, bis es wieder ein Erntefest geben würde.

Schwester Ilara warf mir einen flüchtigen Seitenblick zu, ehe sie sich der Erntebraut des Red Moon Rudels zuwandte.

Ich folgte der Erntebraut, bis wir beide vor Schwester Ilara standen. Sie nahm der jungen Frau die Ketten ab und lächelte sie freundlich an. Natürlich konnte niemand ihr Lächeln sehen, doch ihre Augen lächelten so rein und so stark, dass ich mich zusammenreißen musste, um nicht selbst zu lächeln.

Sie verneigte sich vor der Erntebraut.

»Willkommen im Mondpalast, Erntebraut aus dem Red Moon Rudel. Wir heißen dich willkommen und hoffen darauf, dass die Göttin mit dir sein will.«

»So ein Unsinn, lasst mich wieder gehen! Ich will keine verdammte Erntebraut sein.

Ich will meinen eigenen Gefährten finden, ohne das hier alles. Und ich will keine Luna werden! Ist das so schwer zu verstehen?«

Während mir die Worte der jungen Erntebraut einen unangenehmen Schauer über den Rücken jagte, blieb Schwester Ilara ganz ruhig.

»Natürlich denkst du jetzt noch so, allerdings sahen das deine Eltern anders. Und auch der Alpha des Red Moon Rudels sah etwas in dir. Ich hoffe, du wirst dich schnell an den Palast gewöhnen.«

»Hört mir eigentlich jemand zu?«

Schwester Ilara sah zu mir, schließlich nickte ich ihr zu.

»Junge Erntebraut, es ist gar nicht gesagt, dass in dir die Göttin schlummert. Wenn dies nicht der Fall ist, werden die vier Alpha dich nicht anfassen und nach dem Fest kannst du wieder in deine alte Heimat zurückkehren. Niemand wird dich aufhalten oder verstoßen.

Du wirst deinen wahren Gefährten finden und ein glückliches Leben als ehemalige Erntebraut führen.«

Sie verschränkte die Arme vor der Brust und funkelte Schwester Ilara an.

»Stimmt es, was man sich erzählt? Dass der Alpha sich um die ehemaligen Bräute kümmert?«

»Das stimmt. Sie werden für immer den Rang als Erntebraut tragen. Und er kümmert sich um die finanziellen Anliegen der Braut.«

»Na gut. Das ist besser, als der kleine Hof, den meine Eltern haben. Ich gehe mit und spiele euer Spiel mit. Aber wehe, mich fasst einer an!«

»Danke, dass du bei uns bleibst. Und ich verspreche dir, dass dich niemand gegen deinen Willen berühren wird.«

Schwester Ilara warf mir einen hastigen Seitenblick zu und ging mit dieser sturen Erntebraut in den Palast hinein.

Ich hingegen wandte mich herum und ging die Stufen wieder hinunter.

Unten angekommen, nahm ich meine beiden Pferde an der Trense und brachte sie zurück in ihren Stall.

Sie hatten sich das reichliche Futter, viel Pflege und noch viel mehr Liebe in den letzten vier Wochen verdient.

# *Schwester Ilara*

Ich führte die junge Erntebraut zuerst in das Wohnzimmer der Bräute. Dabei ging ich extra langsam denn, egal wie angespannt die Wölfe waren, die herkamen, die Schönheit des Mondpalastes nahm sie alle in ihren Bann. Der weiße Marmor und die unzähligen Mondsteine, ließen den gesamten Palast von innen heraus schimmern.

Nach einigen Schritten hielt ich an und klopfte an eine Tür. Gemeinsam traten wir ein.

# *Annara*

Die Tür öffnete sich und die Priesterin trat mit der letzten Erntebraut in unser Wohnzimmer ein. Allein ihr Gesicht sagte mir, dass sie nicht freiwillig hier war.

Die Priesterin verließ uns wieder, das war meine Gelegenheit, die Neue kennenzulernen.

Ich trat mit einem Lächeln auf sie zu und reichte ihr meine Hand.

»Hallo, ich bin Annara aus dem Moon Blood Rudel. Diese elegante und dunkelhaarige Schönheit ist Calla aus dem Crescent Moon Rudel. Und dieses stumme Vögelchen ist Sophia aus dem Blue Moon Rudel. Also musst du aus dem Red Moon Rudel kommen. Nicht wahr?«

Sie legte ihren roten Mantel ab und warf mir nur einen flüchtigen Blick zu.

»Natürlich. Vier Reiche, vier Bräute. Und offensichtlich hätte es dieses Jahr fast wieder kein Erntefest gegeben.«

Wovon sprach sie bitte?

»Wie kommst du auf diese Idee? Ich bin zum Beispiel eine perfekte Erntebraut. Offen, freundlich und defintiv attraktiv.«

Sie ließ sich von mir nicht beeindrucken, was ihr Ansehen in meinen Augen minimierte.

»Nun, ich bin nicht freiwillig hier. Und der Norden hat die Tochter des Alphas hergeschickt. Was soll sie machen? Etwa ihren eigenen Bruder als Gefährten wählen?

So ein Unsinn, wir können auch alle wieder nach Hause gehen. Das hat dieses Jahr auch wieder keinen Sinn.«

»Das werden wir sehen. Vielleicht habt auch einfach ihr hier keinen Sinn. Ich schon.«

# *Kuro*

Gelangweilt saß ich auf dem Fensterbrett und starrte hinaus. Ich wusste nicht, wie oft wir hier noch zusammenkommen mussten. Doch unsere Väter waren fest der Ansicht, dass es die Möglichkeit einer göttlichen Wiedergeburt gab, so lange keiner von uns seine Gefährtin gefunden hatte.

»He, Kuro!«

Ich drehte mich herum und sah zu meinen drei Freunden hinüber. Seit drei Tagen waren wir wieder einmal in diesem Palast eingesperrt. Nicht wirklich, allerdings mussten wir hierbleiben und Zeit mit den, von unseren Vätern, ausgesuchten Damen verbringen.

Ob wir wollten, oder nicht.

»Was ist denn?«

Der Älteste von uns, Cole, musterte mich.

»Du siehst so missgestimmt aus. Was ist los?«

»Nichts eigentlich. Aber ich langweile mich.«

»Das tun wir alle. Dennoch behalten wir unsere Haltung.«

Ich rutschte vom Fensterbrett hinunter und ging zu ihm, Jaro und Kieran hinüber.

»Ja, Papa.«

Die anderen beiden grinsten, während Cole nur seine Augen verdrehte.

»Wissen eure Eltern eigentlich, was sie mir mit euch antun? Für die ist das Erntefest doch nur ein paar Tage Urlaub.«

Kieran stand auf und ging zu dem Tisch hinüber, auf dem die Weinkaraffen standen.

Mit zusammengepressten Lippen beobachtete ich ihn dabei. Wir alle wussten im groben und Ganzen, was in seiner Familie los war. Die letzten Jahre waren immer fremde Frauen hiergewesen. Doch dieses Jahr war seine Schwester eine Erntebraut. Die Einzige aus dem Norden.

Seine Stimmung war noch schlechter als sonst.

»Kieran?«

Er hob seine Hand, füllte sein Glas voll und trank es in zwei Zügen aus. Erst, als das Glas wieder auf dem Tisch stand, wandte er sich zu uns herum.

»Dann wollen wir die Weiber einmal begrüßen.«

Leicht torkelnd ging er voraus.

Ein Blick von Cole genügte und ich wusste, was ich tun sollte. Heute Abend würde ich noch William, den Sammler aufsuchen und ihn darum bitten, sämtlichen Alkohol aus dem Palast zu entfernen.

Ein wütender, betrunkener Wolf war einfach viel zu gefährlich.

Als wir unten das Wohnzimmer betraten, sah Kieran eine nach der anderen an. Innerlich war ich bereit, ihn notfalls zurückzuhalten.

Er zeigte mit seinem Finger auf die neue Erntebraut aus dem Red Moon Rudel.

Jaro legte seinen Kopf schief und betrachtete sie.

»Linnea bist du nicht die Wölfin, über die alle sprechen. Die, die Frauen mag?«

Erschrocken sahen die anderen Erntebräute sie an, doch sie blieb stolz, wie ein Baum und nickte ihm zu.

»Die bin ich.«

»Was tust du hier?«

»Ich feier hier meinen Geburtstag, Jaro.«

Kieran zeigte wieder auf sie und nickte.

»Du willst 'n Weib. Du bist arrogant und du... Du bist meine verdammte Schwester und sie hier.«

Er brach seinen Redeschwall ab und betrachtete die zierliche Erntebraut aus meinem Rudel, dem Blue Moon Rudel.

»Das ist Sophia.«

»Ah, Sophia. Eine zarte Blume im Steinbeet. Nun, das ist einfach.«

Kieran drehte sich zu uns herum und hob seine Arme in die Luft.

»Keine davon wird die Göttin. Wir können wieder gehen!«

»Und du bist betrunken. Du solltest ein kaltes Bad nehmen, Kieran!«

»Ach, Schwesterchen. Wenn du wüsstest, was durch meinen Kopf schwirrt. Da bringt kaltes Wasser auch nichts mehr.«

Das konnte ja etwas werden.

Welche Überraschungen hatte die Göttin denn noch für uns übrig?

Dieses Jahr schien das absolute Chaos zu werden.

Glaubten unsere Väter wirklich daran, dass das hier etwas Vernünftiges wurde?

# *Willow*

Die Sonne schien durch das Laub der Bäume auf mein Gesicht nieder. Entspannt wippte ich mit meinem Fuß und summte eine Melodie dabei.

Die Wärme des Sommers erwärmte meine Haut, während der laue Wind durch meine dünne Kleidung wehte und mir einen leichten Schauer über meine Haut jagte. Der Tag konnte nicht ruhiger sein, als unter mir eine fremde Melodie ertönte, die mich verstummen ließ. Ich rollte mich auf meinen Bauch, klammerte mich an ein paar Ästen und sah hinunter auf die Straße. Ein einzelner Kaufmann fuhr mit seinem Ochsenkarren die Straße entlang und summte vor sich hin. Von meinem Platz aus konnte ich erkennen, dass er einiges bei sich hatte. Vielleicht gab es bald eine Veranstaltung in der Gegend.

Mit zwei Handgriffen rollte ich mich von dem Ast ab und ließ mich auf die Straße hinter ihm fallen.

»He, Sie da! Kaufmann!«

Der Kaufmann hielt seinen Karren an und drehte sich herum. Während ich auf ihn zu ging, schob ich mit meinen Händen meine braunen Locken nach hinten.

»Oh hallo, junge Dame.«

Ich stellte mich neben ihn und besah neugierig seinen Karren. Allerlei Tand für ein Fest lag in ihm.

»Es tut mir leid, aber ich verkaufe im Augenblick nichts an Wölfe, die ich unterwegs treffe.«

»Nicht so schlimm. Das hier sieht aus, als ob Sie ein Ziel hätten. Wo wollen Sie denn hin?«

»Ich fahre von Ort zu Ort, um meine Waren für das Erntefest anzubieten.«

Meine Ohren spitzten sich.

»Ist das bald wieder?«

Sein lautes Lachen dröhnte zwar in meinen Ohren, dennoch brachte es mich dazu, zu lächeln.

»Du weißt nicht, wann das Erntefest ist? Wo lebst du denn Mädchen?«

Ich zuckte mit meiner Schulter und grinste.

»Mal hier, mal dort. Deswegen habe ich das nicht so im Blick, welchen Tag wir haben.«

»Ah, eine Einzelgängerin.«

»Genau.«

»Gut, dann verrate ich dir eines. Das Erntefest ist in ein paar Tagen. drei oder vier, wenn mich nicht alles täuscht.«

»So bald schon? Der Göttin sei gedankt. Dieser Winter wird wärmer werden.«

»Wie meinst du das?«

»Mein Geburtstag ist am Erntefest. Da werde ich achtzehn und ich kann endlich meine Wolfsgestalt annehmen. Und mein Pelz wird mich im Winter besser wärmen.«

»Ist das so?«

»So ist es.«

»Und wo willst du deinen Geburtstag feiern?«

Ich überlegte kurz und nickte schließlich.

»Im Norden. Die Wölfe aus dem Crescent Moon Rudel können ziemlich gute Feste veranstalten. Und wenn ich schnell genug gehe, kann ich noch rechtzeitig hinkommen.«

»Dann solltest du dort hinten die Straße zu deiner Rechten nehmen. Das ist eine Abkürzung, die zu Fuß gut zu laufen ist. Aber mit meinen Karren komme ich da nicht durch. Ab und an, muss man den Weg verlassen und durch den Bach laufen.«

»Wirklich, mehr nicht? Das sollte kein Problem darstellen. Vielen Dank, für diesen Hinweis!«

Ich wollte gerade loslaufen, als mich der Kaufmann noch einmal zurückrief.

»Junge Wölfin?«

»Ja?«

»Komm noch einmal zu mir.«

Ich drehte mich herum und trat wieder an den Karren heran.

»Hier, sieh das als kleines Geburtstagsgeschenk. Und ich wünsche dir viel Freude auf dem Fest.«

Er reichte mir einen Haarkranz aus getrockneten blauen Kornblumen entgegen. Schon als kleines Kind liebte ich die traditionellen Blumenkränze, die die Wölfinnen trugen, um zu zeigen, dass sie noch einen Gefährten suchten. Dankend nahm ich ihn an und setzte ihn auf meine dunkle Lockenmähne.

»Vielen Dank.«

»Gerne doch.«

Er lächelte mir noch einmal zu und fuhr davon. Ich hingegen kehrte zu dem Baum zurück und kletterte in die Krone. Dort nahm ich meine Ledertasche von einem Ast und lächelte vor mich hin.

»Bald habe ich es endlich geschafft. Dann erwachen meine Instinkte und das Leben wird leichter. Ich werde jagen können. Meine Beine werden viel schneller laufen und ich werde im Wind liegen können, ohne dabei krank zu werden.«

Ich zog das Lederband hervor, an dem der weiße Stein mit der bläulichen Färbung hing, den mir meine Mutter vor so vielen Jahren geschenkt hatte. Liebevoll streichelte ich mit meinem Daumen über ihn und lächelte.

»Siehst du Mama, ich habe dir doch gesagt, dass ich die letzten Jahre überleben werde. Du musstest dir keine Sorgen machen.«

Ich steckte den Stein wieder unter mein dünnes Leinenhemd und richtete meinen Blick nach Norden.

»Dann sollte ich mich auf den Weg machen.«

# *Der Sammler*

Es war am frühen Abend, als ein Fuhrwerk im Hof des Mondpalastes einfuhr. Zusammen mit ein paar Wachmännern trat ich ihm entgegen.

Ein Kaufmann stieg ab und verneigte sich vor uns.

»Wer sind Sie?«

»Ich bin nur ein einfacher Kaufmann, der auf der Durchreise ist. Aber ich habe eine gute Neuigkeit für die Söhne der Alphas.«

»Was für eine Neuigkeit?«

Als er mir diese Neuigkeit erzählte, ließ ich ihn den Palast betreten und führte ihn zu den Söhnen der Alphas.

Ich klopfte an die Tür des Kaminzimmers.

»Tretet ein.«

Entschlossen öffnete ich die Tür und trat ein, den Kaufmann dicht auf meinen Fersen.

Abwechselnd sah ich zu den vier Söhnen der Alphas. Sie alle warteten darauf, dass ich mein Anliegen vortrug.

»Meine Alphas. Dieser Kaufmann hat mir etwas Interessantes erzählt. Ich würde Sie darum bitten, ihm zuzuhören.«

Der älteste von ihnen, Cole Moon Blood nickte mir und dem Kaufmann zu.

»Dann erzählt uns diese interessante Neuigkeit, Kaufmann.«

Der Kaufmann trat vor und verneigte sich. Offensichtlich hatte er bereits öfters mit ranghohen Wölfen zu tun gehabt. Sein Verhalten war fehlerfrei.

»Meine Herren, ich weiß, dass Eure Väter die Erntebräute aussuchen. Aber ich weiß auch, wie schwierig es ist, eine Wölfin zu finden, die am ersten Tag im August Geburtstag hat.«

»Das wissen wir alles selbst. Sprich weiter, Kaufmann.«

Der Kaufmann deutete eine Verbeugung vor Kieran Crescent Moon an und redete schnell weiter.

»Doch ich habe auf meiner Reise noch eine junge Wölfin getroffen, die am Erntefest ihren achtzehnten Geburtstag feiert.«

Interessiert sah Kuro Blue Moon auf.

»Aus welchem Rudel stammt sie?«

»Meine Herren, sie ist eine Einzelgängerin, ich weiß es nicht. Oft wissen diese Wölfe ja nicht einmal selbst, wohin sie gehören.«

Die Söhne sahen sich einen nach dem anderen an, schließlich nickte Kieran ihm zu.

»Wir werden sie zur Erntebraut machen. Vielen Dank, für deine Informationen. Sammler, entschädige ihn und mache dich an deine Arbeit.«

# *Kieran*

Der Sammler führte den Kaufmann wieder hinaus. In der Zwischenzeit erhellte ein Lächeln mein Gesicht.

»Kieran, warum willst du diese Wölfin hier haben?«

Ich drehte mich zu Jaro herum und zog meine Augenbrauen hoch.

»Du wolltest mich fragen, warum ich eine weitere Alternative zu meiner eigenen Schwester möchte? Ja, warum das denn nur?«

»Ach komm, es ist doch gar nicht gesagt, dass diese Wölfin wirklich am Erntefest Geburtstag hat. Sie ist eine Einzelgängerin.«

»Dennoch wird wohl ihre Mutter wissen, wann sie dieses Kind durch ihren Körper gepresst hat, oder etwa nicht?«

Ich wusste, dass mein Argument ihn verstummen ließ.

Innerlich wusste ich nicht, wer sie war oder warum die Göttin uns dieses Jahr diese Streiche spielte. Aber ich wusste, dass sie das nicht ohne Hintergedanken machen würde.

Ich hoffte nur, dass meine Schwester nichts damit zu tun haben würde.

# *Der Sammler*

Draußen reichte ich dem Kaufmann einen Sack, indem ein paar Goldmünzen lagen.

»Wo finde ich diese Wölfin?«

Sie ist auf dem Weg in den Norden. Ich habe ihr einen Blumenkranz aus getrockneten Kornblumen geschenkt und sie über den Ernteweg geschickt.«

Ich nickte ihm anerkennend zu.

»Sie haben durchaus gut überlegt. Ich wünsche Ihnen eine ruhige Weiterreise.«

Noch bevor der Kaufmann das Grundstück verlassen hatte, hatte ich mich in einen Wolf verwandelt und eilte vom Grundstück.

# *Willow*

Die Nacht brach herein und ich entschloss mich dazu, an einem kleinen Bachlauf unter einem Baum eine Pause einzulegen.

Ich hing meine Ledertasche an einen Ast und hängte den Blumenkranz darüber. Anschließend krempelte ich meine Hose hoch, zog meine Schuhe aus und watete in den Bach hinein. Er war eiskalt. Aber ich liebte dieses frische Wasser, daher war der Augenblick nicht so schlimm.

»Hoffentlich finde ich eine Handvoll Fische.«

Ich hatte seit zwei Tagen nichts Vernünftiges mehr gegessen und es wurde langsam Zeit, etwas anderes in meinen Magen zu bekommen, als ein paar Blüten und Blätter.

Ich stand steif und still im Wasser und beobachtete alles mit meinen Augen. Zwar sah ich immer wieder ein paar größere Fische, allerdings waren sie schnell und viel zu weit entfernt. Ich musste genug Geduld aufbringen, bevor einer dieser Fische sich mir endlich näherte.

Gerade, als ich den Fisch fangen wollte, hörte ich Schritte hinter mir.

Ich drehte mich ruckartig herum und stand einem älteren Mann gegenüber. Er sah mich aus dunklen Augen heraus an. Seine dunklen Haare hingen struppig um seinen Kopf herum, während sein Bart mit ihnen zu verschmelzen schien. Doch alles in allem, starrte ich ihm auf die Narbe, die unterhalb von seinem Auge über seine Wange verlief.

Dieser Mann hatte sich in einem schweren Kampf bewiesen, er schien nichts Gutes zu bedeuten.

»Was willst du?«

»Du bist die Wölfin mit dem Kornblumenkranz, oder?«

Meine Augen zuckten zu dem Blumenkranz, der an dem Ast hing. Das alles zu leugnen, wäre nur dumm gewesen.

»Und wer bist du?«

»Ich bin der Sammler.«

Ich zog meine Augenbraue hoch und musterte ihn.

»*Der* Sammler?«

»Richtig. Ich bringe die Erntebräute in den Mondpalast.«

Okay, gut. Vor ihm hatte ich wohl doch nichts zu befürchten. Mutter erzählte mir früher von der Arbeit, die hinter dem Mythos der Erntebraut lag. Und auch, dass die vier Alphas der Reiche die passende Erntebraut aussuchten.

»Dann danke ich Ihnen recht herzlich für Ihre Mühe und verabschiede mich.«

Langsam ging ich an ihm vorbei und zurück zu meinem kleinen Lager. Dabei ignorierte ich die Tatsache, dass er keine Kleidung trug.

Ich liebte es, eine Wölfin zu sein. Allerdings hasste ich die Tatsache, dass nach der Verwandlung keinerlei Kleidung am Körper lag. Für viele war das normal und nichts von Bedeutung. Allerdings war ich noch eine junge Wölfin und einen Mann in seinem Alter zu sehen, war nichts, was ich in einem Tagebuch als Wunsch aufschreiben würde.

Ich wollte gerade meine Ledertasche von dem Ast nehmen, als er mich ansprach. Ich konnte seinen Atem an meinen Haaren spüren. Er war mir viel zu nahe.

»Kornblumenwölfin. Ich weiß, wann Ihr Geburtstag habt. Ihr sollt mir in den Mondpalast folgen.«

Ich starrte mit großen Augen den Baumstamm an, ehe ich langsam mit meinem Kopf schüttelte.

»Es tut mir wirklich leid, aber ich werde nicht mit Euch gehen.«

»Warum nicht?«

Ich hängte mir meine Ledertasche um meinen Hals und meine Schulter und wandte mich zum Sammler herum.

»Eine Erntebraut wird in einem der vier Reiche gesucht. Ich gehöre keinem Reich an. Und ich habe noch nie davon gehört, dass eine Einzelgängerin zur Erntebraut ernannt wurde. Wir Einzelgänger werden geduldet und kaum einer freut sich über uns.

Als Luna wäre ich somit unvorteilhaft und im schlimmsten Fall könnten sich andere, angesehene Familien in einen Konflikt stürzen. Spart Euch eure Kraft und kehrt zurück in den Palast. Ich bin ein Niemand und nur auf der Durchreise.«

»Eine Erntebraut ist eine junge Wölfin, die am ersten August Geburtstag hat und achtzehn wird. Folgen Sie mir bitte. Vielleicht sind Sie es gar nicht, dann haben Sie nur ein paar Tage in einem Palast gelebt.«

»Ich habe kein Interesse daran.«
Mit einer Handgeste deutete ich auf die weiten Wiesen und Felder, die hinter mir auf der anderen Bachseite waren.

»Sehen Sie diese Ebenen? Das ist mein zu Hause, meine Heimat. Ich will nicht hinter den Mauern eines Hauses leben.«

Der Sammler behielt mich fest im Blick, deswegen war es mir unmöglich, davonzurennen.

Zumindest nicht über die Wiesen.

Als er einen weiteren Schritt auf mich zutrat, sprang ich hinauf in die Krone des Baumes, kletterte über einige Äste und ließ mich hinter ihm auf den Boden fallen. Unsanft rollte ich mich über den Boden ab und eilte zum Bach hinüber.

Wie ein Reh sprang ich von Stein zu Stein und versuchte, ihm so zu entkommen.

Ich hoffte bereits, dass ich ihn abgeschüttelte hatte, als ich an meiner linken Seite einen schweren Schlag spürte.

Kurz darauf, landete ich unsanft im Wasser. Ich wurde hochgehoben und über seine Schulter geworfen.

»Das tut mir leid. Aber mein Befehl lautet, Euch in den Palast zu bringen. Als fünfte Erntebraut.«

Als fünfte?

# *Kuro*

Schweigend warteten wir auf die Ankunft der neuen Erntebraut. Dabei musterte ich meine Mitstreiter einen nach dem anderen. Während ich selbst ruhig und zurückhaltend war, saß Jaro aus dem Red Moon Rudel in einem Sessel und fixierte mit seinen blauen Augen die Tür. Zwar wirkte er mit seinem engelsgleichen Aussehen wie ein unschuldiges Kind, allerdings wusste jeder hier im Raum, dass er der gefährlichste unter uns war.

Mit einem sanften Lächeln würde er jeden töten, der ihm im Weg stand.

Ich wandte meinen Blick von ihm ab und sah zu der dunklen Gestalt hinter ihm. Cole aus dem Moon Blood Rudel wirkte leicht angespannt. Immer wieder fuhr er mit seinen Fingern durch seinen kurzen, dichten Bart, während er auf die Uhr in der Zimmerecke starrte. Als der Älteste von uns sollte er die meiste Geduld aufbringen.

Allerdings schien er ebenso nervös zu sein, wie ich. Als Nächstes wanderten meine Augen zu Kieran aus dem Crescent Moon Rudel. Er hatte seine Hände zu Fäusten geballt und starrte die Tür an. Ich war mir nicht sicher, ob er einfach vom Fleck weg die fünfte Erntebraut heiraten würde, oder sie umbringen würde.

Ich tippte auf das Erstere. Schließlich hatte sein Königreich nur eine Erntebraut, und zwar seine Schwester Calla. Für ihn waren die Festlichkeiten somit ein Spießrutenlauf. Deshalb war ich mir sicher, dass er ein Gebet, nach dem anderen an die Göttin selbst richtete, damit sie dieses Jahr ihren Hintern nicht in seine Schwester pflanzen würde.

Er tat mir leid, allerdings schienen wir dieses Jahr vier weitere Optionen zu haben.

Was alles auf den Kopf stellte.

»Wir sollten uns beruhigen. Wenn die Erntebraut hier hereinkommt, läuft sie gleich davon.«

»Kuro hat recht.«

Cole ging zum Fenster hinüber und öffnete es.

»Unser Duft hängt sogar in den Vorhängen. Wir sollten alle unser Temperament zügeln. Besonders du, Kieran.«

»Ich? Wieso denn das?«

Wissend warfen wir anderen uns einen vielsagenden Blick zu. Jaro war es, der Kieran die Wahrheit vermittelte.

»Du scheinst so darauf bedacht zu sein, dass jede hier gut wäre, außer Calla. Wenn du so weiter *duftest*, wird die Gute schwanger, wenn sie nur den Raum betritt. Entspanne dich einfach.«

»Ihr habt leicht reden.«

»Wir verstehen deine Situation. Allerdings können die restlichen Erntebräute nichts dafür, Kieran. Benimm dich etwas, bevor deine Hormone und deine Angst mit dir durchgehen.«

Kieran warf mir einen wütenden Seitenblick zu.

»Wenn ihr wüsstet, was mein Vater von mir verlangt, würdet ihr anders denken.«

»Natürlich. Aber du schweigst dich ja aus, was dieses Thema angeht.«

Innerlich stimmte ich Jaro zu, allerdings würde ich das Kieran nicht auch noch unter die Nase reiben.

Wir waren nicht zum ersten Mal in diesem Palast, allerdings war er noch nie so davon überzeugt eine Gefährtin zu finden, wie dieses Mal.

# *Willow*

Der Sammler trug mich sogar durch den Mondpalast. Innerlich brodelte ich, schließlich konnte ich selbst laufen.

Vor meinen Augen flogen der edle weiße Steinboden und der weiche Teppich vorbei, während ich durch die vielen Gänge von diesem Haus geschleppt wurde.

Erst, als er eine weitere Tür öffnete und sich der blaue Teppich mit einem weißen Teppich abwechselte, hielt er an und stellte mich auf den Boden.

Meine nackten Füße genossen das weiche Gefühl des Teppichs. Allein dieses positive Gefühl ließ meine Manieren mit mir durchgehen.

Ich wollte dieses Haus nicht mögen. Egal, wie weich dieser verdammte Teppich war.

»Ich sagte doch, dass ich keine Erntebraut sein möchte. Ihr verschwendet Eure Zeit!«

*»Ein großes Mundwerk hat sie schon einmal.«*

*»Sie tropft den Teppich voll.«*

*»Trägt sie eine Hose? Und wo sind ihre Schuhe?«*

*»Diese Haare...«*

Meine Augen weiteten sich und mit einem Ruck drehte ich mich herum.

Vor mir saßen die vier schönsten Männer der Welt. Dennoch konnte ich meinen Zorn nur schwer verstecken.

»Wenn euch nicht passt, wie ich aussehe, dann solltet ihr eurem Sammler erzählen, dass ich hier unerwünscht bin! Erst wurde ich entführt und jetzt beleidigt, behandelt man so einen angeblichen *Gast*?«

Irritiert starrten mich die Männer schweigend an.

»Ach und jetzt den Mund nicht aufbekommen? So mag ich das. Ich erzähle euch einmal eins. Ich kenne jeden von euch, ihr seid beliebt und die Frauen sehen euch immer hinterher. Somit habt ihr alle gefühlt hunderte von Wölfinnen, die euch wollen. Also, lasst mich in Ruhe. Bitte.«

Jemand räusperte sich an der offenen Tür. Bereit mich erneut zu wehren, wandte ich mich herum. Vor mir stand eine Frau, die vollkommen verschleiert war.

Ihre sanften Augen schienen sich in mein Gedächtnis zu brennen. Ich wusste nicht woher, doch ich wusste, dass ich ihr vertrauen konnte.

»Willkommen, Erntebraut.«

»Priesterin.«

Verblüfft sah sie hinter mich, doch keiner der Anwesenden sagte etwas. Mein Zorn verebbte und ich entschuldigte mich bei ihr aufrichtig.

»Verzeiht mein Auftreten, Priesterin. Allerdings habe ich heute Abend viel durchgemacht.

Dazu wurde ich nicht freundlich aufgenommen. Da ist mein Zorn mit mir durchgegangen.«

Ihre sanften Augen schienen mich anzulächeln.

»Verzeiht das Verhalten der anderen. Wenn Ihr soweit seid, würde ich Euch Euer Zimmer zeigen. Ihr könnt Euch dort waschen und neu ankleiden.«

Bevor ich antworten konnte, knurrte mein Magen so laut, dass wohl alle Anwesenden ihn hören konnte.

Peinlich berührt legte ich meine Hände auf meinen Bauch.

»Gibt es in diesem großen Haus auch etwas zu essen?«

»Natürlich, folgt mir.«

# *Jaro*

»Sammler, du kannst gehen.«

Der Sammler verneigte sich und ging. Als wir wieder alle alleine waren, sprach ich meine Gedanken laut aus.

»Keiner von uns hatte ein Wort gesagt.«

Kieran fuhr sich mit seiner Hand durch seine Haare.

»Wie konnte dieser Wildfang unsere Gedanken hören?«

Neugierig wandten wir uns alle an Cole. Er räusperte sich und begann uns zu erklären, was hier eben geschehen war.

»Dann übernehme ich das eben. Eure Eltern hätten euch besser vorbereiten sollen. Also, ihr wisst ja, dass einige Wölfe besondere Fähigkeiten haben. Wir kennen diese Fähigkeiten, da sie in uns vertreten sind. Kieran hat eine verstärkte Loyalität, Kuro kann Gedanken hören, Jaro spürt die Emotionen und ich muss nur an eine Person denken und kann ihre Anwesenheit zwischen hunderten Wölfen hindurch spüren. Diese Fähigeiten haben wir alle von der Göttin selbst. Das ist unter anderem ein Grund, weshalb wir hier sind. Die Wölfinnen sollen getestet werden, denn nur die große Göttin, verband alle vier Fähigkeiten.«

Cole wartete, ob bei uns der Groschen jetzt fallen würde. Doch um ehrlich zu sein, fiel da nichts.

»Aber, sie konnte uns alle vier hören?«

Er lächelte, ehe er sich von seinem Platz löste und vor uns trat. Cole zog sich den Fußhocker von Kieran heran und setzte sich.

»Manchmal kommt es vor, dass bei sehr starken Wölfen die Fähigkeit vorher auftritt. Dies ist oft ein Zeichen dafür, dass die Wandlung kurz bevorsteht. Sie scheint eine dieser Wölfe zu sein. Und sie scheint stark zu sein.«

»Auch, wenn diese Fähigkeit nur lästig ist...«

»Oh, Kieran. Gerade du solltest doch wissen, wie das alles funktioniert. Immerhin kam die Göttin anfänglich aus deinem Reich.

Alle Fähigkeiten alleine, klingen für manche nicht spektakulär, doch die Göttin hatte alle diese Fähigkeiten. Vater sagte immer, dass die Göttin diese brauchte, um mit ihren vier Gefährten zurechtzukommen. Und das musste so sein, um das große Rudel zu führen.«

Kuro nickte zwar, allerdings schien in seinen dunklen Augen eine Frage zu schlummern.

»Kuro. Du siehst aus, als ob du etwas sagen wolltest.«

»Ja, eine Sache wäre da. Warum konnte sie jetzt bereits unsere Gedanken lesen? Ich meine, sie ist noch nicht erwacht. Wie soll das funktionieren?«

Er sah mich durch seine langen, schwarzen Haare an.

»Das liegt daran, dass sie bald erwachen wird. Genauso, wie die anderen vier. Wir müssen Zeit mit ihnen verbringen, um herauszufinden, was die Wölfinnen können und was nicht. Wir müssen herausfinden, wie sie auf uns reagieren und ob sie auf uns alle gleich reagieren. Wenn dies nicht der Fall sein sollte, finden wir auch bei diesem Erntefest keine Göttin. Aber vielleicht findet wenigstens einer von uns seine Gefährtin.«

Kieran stand auf und verabschiedete sich. Schweigend ließen wir ihn ziehen. Immerhin mussten wir das alles erst einmal verarbeiten.

# *Willow*

»Wie meinen Sie das?«

»Nun, nicht nur Sie haben eine schwere Bürde auferlegt bekommen. Die Söhne des Alphas ebenso.«

»Sie müssen nur ihre Gefährtin finden. Was soll daran schon so schlimm sein?«

»Sie verstehen mich gerade falsch.«

»Verzeihen Sie.«

Gütig lächelte mich die Priesterin an.

»Diese vier Männer müssen im Falle eines Falles ihre Gefährtin mit drei anderen Alphas teilen. Dies ist eine schwere Bürde.«

Ich dachte darüber nach, während ich die warme Brühe und den Kanten Brot genoss.

»Nun, wenn man das so sieht, haben Sie recht. Daran habe ich nie gedacht. Und sie fügen sich in ihr Schicksal...«

Ich starrte in die Tiefe meiner Brühe und schluckte schwer.

»Und ich habe mich so aufgeführt...«

*»Wir sind nur ruhiger, weil wir seit so vielen Jahren darauf vorbereitet werden.«*

Ich hob meinen Kopf und wandte mich zur Tür. Schweigend stand einer der Alphas im Türrahmen.

Kieran sah mich mit einem verschlossenen Gesichtsausdruck an.

»Trotzdem...«

Über sein angespanntes Gesicht huschte ein kurzes Lächeln, ehe er sich von dem Türrahmen abstieß und wieder ging.

Die Priesterin kam zu mir und lehnte sich zu mir hinunter.

»Das war«

»Kieran vom Crescent Moon Rudel. Ich weiß. Ich habe ihn oft gesehen, wenn ich im Norden war. Doch da wirkte er netter und freundlicher. Wenn man ihn näher kennenlernt, scheint er ganz schön mürrisch zu sein. Ich hoffe, dass ich mich nicht auch bei den anderen getäuscht habe.«

»Sie kennen alle von ihnen?«

»So ist es.«

»Wirklich?«

»Wenn man so viel unterwegs ist, wie ich, dann erkennt man den einen oder anderen Wolf.«

Ich wandte mich der Priesterin zu und stand auf.

»Ich danke Ihnen für das Abendessen. Ich werde mir nun eine Ecke suchen und mich ausruhen.«

»Eine Ecke? Liebes Kind, du bekommst genauso ein Zimmer, wie die anderen. Allerdings sind die Zimmer der Erntebräute bereits belegt...«

Sie hielt inne und legte ihren Daumen und ihren Zeigefinger an ihr Kinn. Schließlich schien sie eine Lösung zu finden.

»Aber ein Zimmer ist noch frei. Folge mir.«

Ich folgte ihr durch den Palast, der selbst bei Nacht noch taghell wirkte.

Der weiße Stein mit den hellblauen Farbtupfern entspannte meine aufgeriebenen Nerven. Sie erinnerten mich an den Stein, den mir meine Mutter einst geschenkt hatte.

Ohne darauf zu achten, schloss ich meine Hand um den Stein, der noch immer unter meinem Leinenhemd ruhte, während ich der Priesterin in den oberen Bereich des Palastes folgte.

Oben angekommen, zeigte sie nach rechts.

»Dort sind die Zimmer der Alphas.«

Sie wandte sich nach links und führte mich einen kurzen Gang entlang, in dem nur eine einzige Tür zu finden war.

»Und das hier wird Euer Zimmer werden.«

Sie öffnete die Tür und ließ mich eintreten.

»Schlaft gut.«

Sie verneigte sich und verließ mich.

Ich wandte mich dem großen Raum zu und ein Lächeln stahl sich in mein Gesicht.

»Willow, dieses Zimmer ist wirklich angenehmer, als ein Platz zwischen zwei Wurzeln.«

Ich trat noch etwas weiter in den Raum ein, bis ich in seiner Mitte stand.

Auf dem Fußboden hatte jemand mit vielen kleinen Mosaiken einen Vollmond gelegt, der in den verschiedensten Weißtönen schimmerte.

In einer Ecke stand ein riesiges Himmelbett, während links von mir ein Platz war, um sich zu waschen. Grinsend betrachtete ich die riesige Badewanne, die vor dem Kamin und am Fenster stand.

Von da aus führte eine Tür in einen weiteren Raum. Ich warf einen Blick hinein und erkannte ein Ankleidezimmer. Ich konnte unzählige Kleider, Mäntel, Capes, Schuhe und sonstigen Tand erkennen. Dieser Raum wurde vorbereitet. Aber für wen? Für mich bestimmt nicht.

»Himmel, wer soll denn bitte in diesem Raum leben? Das reicht doch, für eine ganze Familie!«

Ich schüttelte mit meinem Kopf, während ich zur Waschschüssel ging und mich schnell wusch. Anschließend ging ich zum Balkon und öffnete die beiden riesigen Fenster.

Die angenehm warme Nachtluft drang in den Raum und erfüllte meine Sinne mit den Düften der Nacht.

Lächelnd legte ich mich auf den Balkon und rollte mich auf meinen Rücken.

Ich sah zum Sichelmond hinauf und lächelte.

»Gute Nacht, Mama.«


Am nächsten Morgen klopfte es kurz an der Tür. Murrend drehte ich mich auf meine andere Seite und rollte mich ein.

Schließlich hoben mich zwei Handpaare hoch und stellten mich schlaftrunken auf meine Füße.

Vor mir stand eine ältere Dame. Sie umrundete mich immer wieder, um mich genauer zu betrachten.

Ich musste mich nicht in einem Spiegel betrachten, um zu wissen, was sie sah. Alte, abgetragene Kleidung, knochiger Körper, zerzaustes Haar und unergründliche dunkle Augen. Das war ich und so würde ich auch in ein paar Wochen noch aussehen. Vorsichtig versuchte ich, eine Konversation zu betreiben.

»Verzeihen Sie. Meine Haare entwickeln über Nacht ein Eigenleben.«

»Das sehe ich.«

»Aber immerhin stecken keine Blätter in ihnen fest. Oder trockenes Moos. Das ist immer hartnäckig.«

»Wie interessant. Meine Damen. Steckt sie in die Badewanne und schrubbt ihr den Schmutz der letzten Wochen...Jahre von ihrem Körper.«

Jahre? Na danke.

»Ich bade regelmäßig.«

»Das mag sein. Aber wann haben Sie das letzte Stück Seife ergattert?«

Da musste ich ihr recht geben.

Schweigend ließ ich mich von ihren beiden Helferinnen zur Wanne führen.

»Wie heißen Sie überhaupt?«

Die ältere Dame drehte sich zu mir herum und sah mich überrascht an.

»Warum wollen Sie das wissen?«

»Sie werden mich gleich nackt sehen und sie sprechen deutlicher mit mir, als so mancher Straßenwolf. Ich würde gerne Ihren Namen kennen.«

»Ich bin Luisa. Das muss Ihnen genügen.«

»Das tut es auch. Ich bin Willow.«

»Freut mich.«

Als einiges von dem Wasser in der Wanne war, zog ich meine Kleidung aus und stieg in die Wanne.

Luisa wollte mir gerade meine Kette abnehmen, als ich ihre Hand festhielt und sie anfunkelte.

»Die bleibt.«

»Aber sie ist nicht...Sie passt nicht.«

»Sie. Bleibt.«

Schweigend ließ sie meinen Anhänger los und ging in das Ankleidezimmer. Ihre beiden Helferinnen begannen damit, mich gründlich abzuwaschen.

Später versuchten ihre Helferinnen, meine Haare zu bändigen.

»Verzeiht uns dieses zupfen und ziehen. Uns hatte man nicht mitgeteilt, dass sie solch eine Lockenpracht haben. Morgen werden wir Ihnen Tinkturen und Seifen mitbringen, die gut für Ihre Locken sind. Doch heute werden wir Ihnen nur einen Zopf flechten.«

Ich nickte ihnen im Spiegel zu, während sie zu zweit meine Haare bearbeiteten.

Das Handtuch lag eng um meinen Körper geschlungen, dennoch spürte ich auf einmal einen Schauer auf meiner Haut. Ich hob meinen Kopf und versuchte herauszufinden, was das war.

Ich stand auf und schlang den Stoff fester um meinen Körper, während ich meine Hand hob und mich zur Tür herumdrehte.

In diesem Augenblick klopfte jemand an.

»Herein.«

Ein Mann mit hellen Haaren trat ein und verneigte sich kurz vor mir.

»Was wollt Ihr?«

»Ich wollte nur wissen, ob alles zu Eurer Zufriedenheit ist?«

»Danke, ich bin versorgt.«

»Wunderbar.«

Anstatt mein Zimmer wieder zu verlassen, trat Jaro näher an mich heran. Als er direkt neben mir stand, zogen sich die Helferinnen zu Luisa zurück. Die Tür zum Ankleidezimmer schloss sich.

Die Frauen begannen ein Gespräch, während ich das Öffnen und Schließen, von Koffern hören konnte.

Jaro lehnte sich zu mir vor, bis sein Gesicht auf der Höhe meines Ohres war und lächelte mich durch den Spiegel hinweg an.

»Sie werden extra lauter sein, so lange ich hier bin.«

»Steht der kaputte Kleiderkoffer dann auch auf Eurer Rechnung?«

»Natürlich nicht.«

»Wie konnte ich das auch nur fragen.«

»Ja, wie konntest du das, kleiner Wildfang.«

Jaro umkreiste mich, wie ein hungriger Wolf, während er mich betrachtete. Während ich mit meiner Hand mein Handtuch fester an mich presste, betrachtete ich ihn ebenfalls.

Neben seiner weißen Kleidung und seinem jugendlichen und freundlichen Gesicht erkannte ich ein Funkeln in seinen Augen.

»Ihr wisst, dass ich keine Eurer Beuten bin, oder?«

»Natürlich weiß ich das. Ich werde dir nichts tun, kleiner Wildfang. Du brauchst dich nicht zu ängstigen.«

Aus meinem Augenwinkel heraus konnte ich den Schatten seiner Hand sehen. Bevor er meinen Po erreichen konnte, hatte ich mich herumgedreht und hielt seine Hand fest. Dabei fiel mein Handtuch zu Boden.

Verbissen versuchte ich, es zu ignorieren.

Ihn schien nicht in den Sinn zu kommen, dass mir dieser Augenblick unangenehm sein könnte. Stattdessen nutzte er die Chance und führte mich an meiner Hand einmal um mich selbst.

Zufrieden lächelte er mich an.

»Man sieht, dass du das richtige Leben für einen Wolf geführt hast. Dein Körper ist makellos.«

Ich wollte ihm meine Hand entziehen, doch stattdessen zog er mich an sich heran. Ohne Scham legte er seine Hand auf meinen Rücken und presste meinen Körper an seinen heran.

Als er sich vor lehnte, verharrte ich ruhig.

Achtsam sog Jaro den Duft meiner Haare in sich ein.

»Du riechst verführerisch, weißt du das?«

»Du kannst die Seife gerne mitnehmen.«

Während er leise vor sich hin lachte, konnte ich seinen Atem auf meinem Hals spüren. Ein Schauer huschte dabei über meinen Körper.

»Ich denke nicht, dass ich die Seife meine. Du riechst nach Wald und Wind. Nach Freiheit und Natur.

Wenn ich an dir rieche und meine Augen schließe, renne ich quasi über die Felder unseres Landes.«

Ich lehnte mich zurück und sah ihm in seine blauen Augen.

»Das passiert, wenn man heimatlos zwischen Wurzeln, Felsen und Bächen schläft.«

Ich wand mich aus seinem Griff heraus und trat einen Schritt zurück. Dabei hob ich mein Handtuch auf und wickelte es wieder um meinen Körper herum.

»Ich würde mich nun gerne ankleiden.«

Sein überraschter Gesichtsausdruck verschwand und sein freundliches Lächeln trat wieder zurück.

Lächelnd verneigte er sich und verließ mein Zimmer.

Erst, als die Tür verschlossen war, setzte ich mich auf meinen Stuhl und legte meine Hand auf mein wild pochendes Herz.

»Vergiss es, Willow. Du bist nur zu Besuch und dann wieder unterwegs. Benimm dich.«

# *Jaro*

Ich hatte mich an ihre Zimmertür angelehnt und versuchte, meine Emotionen zu ordnen. Innerhalb von Minuten hatte mir diese junge Wölfin den letzten Nerv geraubt.

Als ich mich von der Tür abstieß, konnte ich viel zu deutlich spüren, dass auch der Rest meines Körpers auf sie reagiert hatte.

»Zum Glück, hat sie mich hinausgeworfen.«

Ich ging den Flur entlang und wollte mein Zimmer betreten, als ich einen Schatten erkannte. Bevor ich die Tür öffnete, wandte ich mich an Kuro.

»Wenn du etwas von mir willst, muss das warten.«

»Wie ist sie?«

Ich lächelte, als ich an ihren Duft und ihren Körper dachte, doch Kuro gab ich nur eine Antwort.

»Finde es selbst heraus. Sie ist anders, speziell. Und eben ein Wildfang. Aber der Rest ist deine Sache.«

Ich öffnete meine Tür und trat ein.

Jeder Schritt fühlte sich wie eine Qual an.

Es war Zeit, diesem Druck nachzugeben.

# *Kieran*

Durch einen Türspalt hatte ich die Unterhaltung von Jaro und Kuro mitbekommen. Ein Teil von mir war ebenso neugierig, wie Kuro.

Doch anstatt zu ihr zu gehen, würde ich sie ignorieren. Der Gedanke, eine wehrlose Frau auszunutzen, widerstrebte mir ungemein.

# Kapitel 3

BÖSER WOLF

## *Willow*

Ein Blick in den Spiegel bestätigte mir, dass ich nicht hierher gehörte.

Das wunderschöne, fließende weiße Kleid, mit den goldenen Stickereien umspielte meinen Körper.

Ich sah anders aus. Nicht einmal Mama hätte mich erkannt, dennoch war ich immer noch die Einzelgängerin.

Seufzend wandte ich mich zur Tür.

Es war so weit.

Bevor ich meine Tür öffnen konnte, klopfte jemand an. Vorsichtig öffnete ich die Tür und lugte durch den Türspalt hindurch. Die Priesterin stand dahinter und empfing mich freundlich.

»Guten Morgen, Willow. Ich bringe dich zu den anderen Erntebräuten.«

Schweigend folgte ich ihr die Stufen hinunter. Sie führte mich durch einen Gang, bis wir vor einer verzierten Tür stehenblieben. Sie klopfte an und öffnete die Tür. Ich erwartete vieles, jedoch nicht dieses große, warme Wohnzimmer mit den dicken Teppichen und dem prasselnden Feuer im Kamin. Die anderen Erntebräute saßen in einer weichen Sitzgruppe und wandten sich verwundert zu uns herum.

»Verzeiht die Störung, liebe Erntebräute. Aber ich bringe Euch noch eine weitere Erntebraut. Bitte empfangt sie freundlich und gesittet.«

Die Erntebräute wechselten verwirrte Blicke miteinander, bevor eine von ihnen aufstand und vortrat.

»Schwester Ilara. Seit wann gibt es eine fünfte Erntebraut? Ist das überhaupt möglich?«

»Ich kann dich verstehen, dass du verwundert bist. Aber dieses Jahr scheint es anders zu sein. Dies ist die Erntebraut Willow.«

Trotz meines dünnen Kleides überfiel mich die Wärme in diesem stickigen Raum. Ohne auf die anderen zu achten, rannte ich nahezu zum Fenster, dass zur Terrasse führte und öffnete es.

Die, im Vergleich, kühle Luft umspielte meine erhitzte Haut und senkte diese aufkeimende Wut in meinem Bauch. Ich hasste es, wenn es zu warm war. Wie konnten andere Wölfe nur so leben? Unsere Körper waren für die Freiheit und die Kälte geschaffen. Nicht für die Hitze.

Ich wandte mich wieder zu den anderen um und lächelte entschuldigend.

»Verzeihung, aber hier drin konnte doch niemand mehr denken. Also, ich bin Willow. Es freut mich, bei euch zu sein.«

»Willow, das sind Calla Crescent Moon.«, die Priesterin deutete auf die dunkelhaarige, hochgewachsene Frau, die mich mehr oder minder begrüßt hatte.

»Hier haben wir Sophia. Sie stammt aus dem Blue Moon Rudel.«, dieses Mal deutete die Priesterin auf eine junge Frau, die in ihrem cremefarbenen Kleid und ihren hochgesteckten Haaren eher einer Elfe glich als einer Wölfin. Selbst ihre Stimme klang wie ein Glöckchen.

»Willkommen, Schwester Willow.«

Ich nickte ihr zu, während die Priesterin die nächsten beiden vorstellte.

Eine junge blonde Wölfin saß dort, die sehr gelangweilt schien und eine rothaarige Wölfin, deren Augen nahezu Funken sprühten.

»Dies sind Linnea aus dem Red Moon Rudel und Annara aus dem Moon Blood Rudel.«

Die Rothaarige stand auf und ließ ihrem Zorn jeden Platz, den sie wollte.

»Was soll das, Ilara? Vier Söhne, vier Fähigkeiten, vier Reiche und vier, *vier*, Erntebräute! Eine fünfte ist zu viel!«

Ich zog meine Augenbraue hoch und rang innerlich mit mir. Sie hatte ja recht, aber die Art und Weise, wie sie das sagte, brachte mich dazu, die Lippen aufeinanderzupressen.

»Annara, bitte beruhige dich. Sie hat ebenso am Erntetag Geburtstag. Genauso, wie ihr.«

»Und aus welchem Reich kommt sie?«

Ich funkelte sie an und hielt mich aufrecht.

»Das weiß ich nicht. Ich weiß aber, dass alle vier Reiche meine Heimat sind. Terra Lunaris ist für mich, mein Reich.«

Annara zog ihre Augenbraue hoch und musterte mich.

»Wie großkotzig. Und du willst die Luna eines Rudels werden? Kein vernünftiger Mann würde dich je wählen, Streunerin!«

Streunerin?

»Beruhige dich, Annara.«

»Ach, Calla. Halt deinen Mund. Deine Meinung interessiert eh niemanden. Eines steht fest. Dieses Fest ist ein Witz! Sie gehört hier nicht her.«

Sophia versuchte, die aufgebrachte Annara zu beruhigen. Ihre Stimme schien dabei jeden Konflikt im Keim ersticken zu wollen.

»So scheint es zu sein. Aber wenn du einmal genau nachdenkst, könnte das auf viele von uns treffen. Linnea will gar nicht hier sein. Du bist zu aufbrausend für eine Luna, ich zu ruhig. Und Calla kann niemals die Wiedergeburt der Göttin sein. Kieran ist ihr Bruder. Das würde bedeuten, dass Geschwister gleichzeitig Gefährten wären. Das ist Unsinn. Und dennoch sind wir alle hier.«

Sie ist die Schwester von Kieran? Warum ist sie dann hier? Das alles ist doch ein totales Chaos.

»Dennoch, ich will mir keine Flöhe einfangen.«

»Ich habe keine Flöhe, aber gute Ohren und noch schärfere Krallen. Du solltest dir langsam überlegen, wie du mit mir sprichst, Haushund.«

Annaras Augen spukten Funken in meine Richtung, bevor sie an Calla vorbeilief und versuchte, mich einzufangen. Geschickt wich ich ihr aus, bis mich mein eigenes Kleid daran hinderte.

Annara sprang mich an und riss mich somit auf die Terrasse hinaus.

Wütend über ihr Verhalten, sprang ich auf meine Füße und riss mein Kleid bis zu meiner Hüfte ein. Jetzt konnte ich mich endlich frei bewegen.

»Bist du dir wirklich sicher, dass du das tun willst?«

»Natürlich. Ich lasse mich nicht von einer Streunerin vertreiben!«

Ich rannte auf sie zu und schleuderte sie nicht nur auf den Boden, sondern dominierte sie, indem ich ihr mein Knie in ihren Brustkorb rammte.

»Und jetzt solltest du noch einmal überlegen, wie du mit mir redest, verstanden?«

Zwar konnte ich den Trotz in ihren Augen erkennen, doch sie hörte auf sich zu wehren.

»Verstanden.«

»Gut.«

Ich stand auf und hielt ihr meine Hand hin. Mürrisch ignorierte sie meine Hilfe, stand auf und ging zu den anderen zurück.

Bevor ich ihr folgen konnte, streckte ich mich. Als ich meine Augen öffnete, konnte ich Jaro auf seinem Balkon erkennen. Sein Hemd war zum Teil geöffnet, sodass seine Brust frei lag und mir fiel auf, dass seine Hose nur schlampig zugeschnürt war.

So sah er doch heute Morgen noch nicht aus?

Bevor ich etwas sagen konnte, schwang er sich über das Geländer und sprang hinunter in den Garten.

Langsam trat er auf mich zu und strich mit seinem Daumen über einen Kratzer, der auf meiner Wange prangte.

»Du hast nicht lange gewartet. Gratuliere. Die anderen versuchen immer noch ihre Rangfolge durch Worte zu klären. Sie halten die alte Art für unwürdig.«

»Ich kann mir den Luxus von zu vielen Worten nicht leisten. Auf der Straße haben wir nicht so viel Zeit.«

»Das denke ich mir.«

Während er mir in meine Augen sah und dort offensichtlich etwas Interessantes entdeckte, steckte er sich seinen blutigen Daumen in den Mund und leckte mein Blut ab. Ein Teil von mir wollte sich angewidert abwenden, doch ein anderer Teil starrte auf seinen Daumen und leckte sich über die eigenen Lippen.

Er zog mich fester an sich heran und hielt mir seinen feuchten Daumen entgegen.

»Willst du auch einmal?«

In diesem Moment fiel mir auf, was ich getan hatte. Schnell duckte ich mich und befreite mich so aus seinem Griff.

»Nein, danke.«

Ich eilte an ihm vorbei und kehrte zu den anderen Erntebräuten zurück.

Das war knapp.

Die Priesterin beobachtete uns beide und nickte schließlich.

»Wenn ihr nun eure Ränge geklärt habt, möchte ich euch die nächsten Tage erklären.«

Keiner widersprach ihr, deswegen begann sie damit uns das Programm vorzutragen.

»Ihr seid hier, um herauszufinden, ob in einer von euch die Wiedergeburt der Göttin schlummert. Wir werden das wissen, wenn ihr eine Gefährtenbindung zu jedem der Alphas habt. Doch, bis es soweit ist, werden wir kleine Test machen, um zu wissen, welche Fähigkeiten in euch schlummern. Jetzt, da ihr bald alle eure erste Wandlung durchführen werdet, können eure Fähigkeiten tagtäglich erwachen.«

Wir wurden unterbrochen, als die Tür sich öffnete und die vier Alpha eintraten.

Während Linnea, Annara und Sophia neugierig die Alphas musterten, schritt Calla nach vorne und schloss ihren Bruder in ihre Arme.

Jaro entdeckte mich unter den anderen Frauen und grinste mich frech an.

*»Na, kannst du immer noch meine Gedanken lesen?«*

Schweigend nickte ich ihm zu.

*»Gut, dann folge mir in den Garten. Ich gehe voraus.«*

Ich konnte ihm nicht antworten und ihm sagen, wie dumm diese Idee war, deswegen ließ ich ihn laufen. Ohne ihm zu folgen.

Stattdessen konnte ich etwas anderes an dem Rand meiner Sinne spüren. Jemand beobachtete mich.

Als ich mich herumdrehte, wandte Kieran sich von mir ab und redete erneut mit seiner Schwester.

Irritiert schüttelte ich meinen Kopf und setzte mich zu den anderen, die sich bei der Sitzgruppe unterhielten.

Linnea unterhielt sich mit Kuro und Cole, während Annara sich an Kieran und Calla wandte. Nur Sophia saß neben mir und schwieg. Sie nahm die gesamte Stimmung in diesem Raum wahr, ohne auch nur mit der Wimper zu zucken. Ich wusste nicht, ob diese Frau niedlich, oder unheimlich war.

*»Worauf wartest du? Ich wollte dich im Garten sehen.«*

Schweigend schüttelte ich kaum merklich mit meinem Kopf. Ich wusste, dass Jaro mich sehen konnte, seine Anwesenheit hing viel zu deutlich in meinem Genick.

*»Aber ich wollte diesen wunderschönen Körper endlich mit meinen Händen erkunden. Wenn wir heute Morgen alleine gewesen wären, hätte ich dich da bereits gepackt und auf dem Boden genommen. Ich hätte nicht gewartet, ob du mich lässt. Allein deine bloße Anwesenheit drückt mir die Hitze in meinen Schwanz. Alles in mir schreit danach, in dich einzudringen. Dein Duft ist wie ein Aphrodisiakum für mich. Ich will dich schmecken und spüren. Und ich weiß, dass auch du auf mich reagierst.*

*Ich habe dich vorhin gesehen, kleiner Wildfang. Du wolltest mich. Also, komm jetzt raus zu mir und lass uns das tun, was unsere Körper verlangen.«*

Ich konnte und wollte nichts sagen. Dennoch spielten sich vor meinem inneren Auge die Bilder ab, die mir Jaro in meinen Geist flüsterte. Ich konnte quasi die Hitze in seinen Worten fühlen. Dementsprechend ließen mich diese Gedanken nicht kalt.

Zwischen meinen Beinen breitete sich die Wärme aus, während ich immer unruhiger wurde.

Sophia lehnte sich zu mir hinüber und flüsterte mir zu.

»Geht es dir nicht gut?«

»Mir ist immer noch warm, ich werde wohl mal in den Garten gehen.«

Bevor ich meinen Satz beendet hatte, riss Kuro seinen Kopf hoch und sah zu mir hinüber. In seinen Augen konnte ich ebenfalls eine gewisse Hitze entdecken. Offensichtlich kam die von seiner Unterhaltung mit Linnea.

Ich schenkte ihm ein entschuldigendes Lächeln und stand auf. Sollte er sich doch mit ihr einen anderen Platz suchen. An der Tür hielt ich noch einmal inne und sah zu den anderen. Dass Kuro sich so von Linnea angezogen fühlte, versetzte mir einen Stich.

# *Jaro*

Ich sah, wie Willow sich aus dem Haus stahl und in den Garten ging. In meinem Innersten zog sich alles vor Freude zusammen. Ich hatte Recht behalten. Sie wollte mich ebenso dringend, wie ich sie. Vielleicht war sie ja meine Gefährtin?

Sie stand mitten in den hochgewachsenen immergrünen Sträuchern. Langsam schlich ich mich an sie heran, bis ich sie von hinten an mich pressen konnte.

Meine Nase versank in ihrem dicken Zopf. Gierig sog ich ihren Duft ein, bevor ich sie herumdrehte und meine Lippen auf ihre presste.

Sie krallte sich mit ihren zierlichen Händen in meinem Hemd fest, während meine Zunge in ihren Mund eindrang. Ihr leises Stöhnen brachte mich dazu, ihr mit einem Knurren zu antworten. Deutlich konnte ich ihren Duft wahrnehmen. Sie war bereit für mehr.

Ich unterbrach unseren Kuss, nur um mein Hemd auszuziehen. Eigentlich wollte ich sie wieder küssen, doch dann sah ich ihre Augen. Vor lauter Hitze und Verlangen schienen sie wie dunkle Edelsteine zu funkeln.

Sie streckte ihre Hand aus und berührte meine Brust.

Ihr zögerliches Verhalten ließ mich innehalten.

»Ich wäre dein Erster.«

Ertappt zuckte sie zusammen und sah zum Boden hinunter.

Liebevoll trat ich an sie heran und legte meinen Zeigefinger unter ihr Kinn. Ich brachte sie dazu mich anzusehen.

»Mein kleiner Wildfang, du weißt gar nicht, wie sehr ich dich will. Aber ich will nicht dein erstes Mal im Garten zelebrieren. Nicht so.«

»Du willst mich nicht mehr?«

»Nein, ich will dich mehr, als vorher. Aber ich will dir die Zeit geben, bis zu deinem Geburtstag.«

»Warum?«

»Weil ich nicht deinem Gefährten diesen besonderen Moment nehmen will. Du bist etwas Besonderes, Willow. Noch nie hat mich eine Wölfin so schnell aus der Fassung gebracht.«

Sie senkte wieder ihren Blick, bevor sie aussprach, was ich ebenfalls fühlte.

»Alles in mir schreit danach, dich zu spüren...«

Ich wusste nicht, wie viel Mühe sie hatte, mir die Wahrheit zu sagen, doch ich wusste, dass ich ihr entgegenkommen konnte.

»Komm mit.«

Ich führte sie in den Rosengarten. Er lag mitten im Garten und war somit weder von den Straßen, noch vom Haus aus einzusehen. In seiner Mitte stand ein großer, runder Tisch.

Als wir dort ankamen, half ich ihr dabei, sich auf den Tisch zu setzen.

»Ich kann dir helfen, kleiner Wildfang. Wenn du das willst, meine ich.«

Wortlos zog sie ihr Kleid hoch und spreizte für mich ihre Beine.

Während ich mich vorlehnte, um ihr etwas Linderung zu geben, spürte ich meine eigene Lust zwischen meinen Beinen. Langsam lehnte ich mich vor und küsste sie an ihrem Oberschenkel. Ihr wunderbarer Duft wallte in meiner Nase und ließ meinen Körper nach mehr schreien. Schließlich konnte ich ihre Hand an meinem Hinterkopf spüren. Ich ließ sie mich dahin dirigieren, wo sie mich haben wollte. Und als meine Lippen ihre warme Haut erreichten, öffnete ich sie leicht und ließ meine Zungenspitze über ihren glatten Kitzler gleiten.

Sie schnappte nach Luft, während ich erneut über ihn leckte. Schließlich konnte ich nicht mehr an mich halten und nahm sie mit meinem ganzen Mund in mir auf. Ihr Geschmack überflutete meine Sinne, während meine Lust ins Unermessliche stieg.

*»Kleine Wölfin, du schmeckst so gut.«*

Mit meiner Zunge erkundete ich ihre gesamte Mitte. Ich drang in sie ein, kostete sie und liebkoste jede noch so empfindliche Stelle von ihr. Leichte Bisse von mir, brachten sie dazu, lauter zu stöhnen. Dieses berauschende Geräusch brachte mein Herz dazu, zu rasen.

Schließlich leckte ich noch einmal über ihren Kitzler, als sie mich an sich presst und sich unter meinen Lippen und um meine Zunge alles zusammenzog. Sie presste erschöpft ihre Lust aus ihren Lungen und genoss ihren Orgasmus.

Zufrieden küsste ich sie noch einmal, bevor ich mich von ihr löste und ihr dabei half sich aufzusetzen.

Ich rechnete mit nichts, als sie mich an sich zog und mich küsste.

Ihre Zunge bettelte quasi um Einlass. Ihr machte es nichts aus, dass sie sich selbst schmecken konnte.

Alles, was sie wollte, war dieser Kuss.

Und bei der Göttin.

Den wollte ich ihr geben.

Unser Kuss wurde immer intimer, jedoch hielten wir beide uns zurück. Zwar hoffte ich, dass dieser Wildfang meine Gefährtin werden würde, doch ein Teil von mir wusste, dass ich wohl niemals dieses Glück haben würde.

Schließlich beendete ich unseren Kuss.

Sie sah mich durch ihre langen Wimpern an, während sie meine Nähe genoss.

»Und was ist mit dir?«

»Mit mir? Wölfchen, ich glaube du hast genug gelernt für heute.«

Wortlos lehnte sie sich wieder vor und küsste mich. Ich tappte genau in ihre Falle.

Während ihre Zunge mir den letzten Rest von meinem Anstand entriss, konnte ich plötzlich ihre Hand an meinem Schwanz spüren. Erschrocken riss ich meine Augen auf und beendete den Kuss. Doch sie lächelte mich einfach nur an und zog mich zu ihr zurück.

Ich ließ sie gewähren. Nicht nur, weil ich es unbedingt wollte, sondern auch, weil sie das wollte.

Ihr Kuss wurde leidenschaftlicher, je mehr ich ihr zeigte, wie sehr ich ihre Berührung genoss.

Bald schon, zog sich in mir alles zusammen und ich presste mich an sie und gegen ihre Hand. Ich krampfte mich zusammen und presste stöhnend mein Atem aus, während ich durch ihre Hand kam.

Lächelnd streichelte sie über meine Haare und strich anschließend wieder langsam über meinen zuckenden Penis.

Ich hatte meine Atmung noch nicht gefunden, als sie mich ansah, küsste und schließlich ging.

Schmunzelnd sah ich ihr hinterher. In dieser Wölfin schlummerte ein Feuer, dass ein Land niederbrennen konnte.

# *Willow*

Meine Beine fühlten sich an wie Schlick. Noch immer schien sich alles in mir bei jedem Schritt zusammenzuziehen. Während ich zurück zum Palast ging, sah ich auf meine Hand hinunter und lächelte. Ich hätte niemals gedacht, dass mich solch ein intensives Verlangen überrennen konnte. Doch da war es.

Ich wollte Jaro genauso, wie er mich wollte.

Ich verstand, weshalb er sich geweigert hatte, wirklich mit mir zu schlafen, und ich respektierte ihn dafür.

Bevor ich das Haus betreten konnte, öffnete Kuro die Tür und trat hinaus. Er musste mich nicht suchen, bevor er gezielt auf mich zutrat.

Wortlos hielt er mir seine Hand entgegen und sah mich aus leuchtenden Augen heraus an.

»Ist alles in Ordnung mit dir?«

Er zog mich an sich heran und hielt mich fest. Sein warmer, angenehmer Duft stieg in meine Nase und ließ mich entspannen.

Während er mich festhielt, legte ich meine Hand auf seine Brust. Ich wusste nicht, was mit mir los war, doch im Bruchteil einer Sekunde, stand mein Körper erneut in Flammen. Ein Teil von mir wollte ihn.

Erschrocken über so viel Leidenschaft und Verlangen in mir, zuckte ich zusammen.

»Die anderen haben sich zurückgezogen. Ein Sturm zieht auf. Willst du dich auch zurückziehen?«

Schweigend nickte ich und löste mich von ihm.

Eine vorgetäuschte Erschöpfung konnte wunderbar meine wahren Gefühle verschleiern.

Ich durfte nicht, wie eine läufige Hündin jedem Mann in diesem Haus hinterherrennen. Zuerst musste ich verstehen, was in mir vorging.

Seit dem Augenblick, in denen ich alle vier zusammen gesehen hatte, benahm ich mich so. Es war, als ob etwas in mir erwacht war, was bisher geschlummert hatte.

Ich hatte Angst davor ja. Aber wenn ich eines in meinem Leben gelernt hatte dann, dass es für mich keinen Grund gibt, Angst zu haben.

Ich wollte diese Männer. Mehr als alles andere.

Ich musste nur vorher herausfinden, ob meine Lust ein Spiegel meiner Gefühle war. Oder, ob meine bevorstehende Verwandlung etwas damit zu tun hatte.

# *Kuro*

Ich führte Willow zurück in ihr Zimmer. Anschließend kehrte ich in mein Zimmer zurück.

Hinter der verschlossenen Tür sah ich an mir hinunter und auf den Boden. Alles an mir war angespannt. Ihre Gedanken, die sie von Jaro hatte, hatten mich bei meinem Gespräch mit Linnea komplett abgelenkt.

Alles in mir schrie danach, zu ihr zu gehen und ihr diesen Wunsch zu erfüllen. Ich würde mich für sie auf jeden noch so harten Untergrund knien oder legen, nur um ihren wunderschönen Körper über mir zu spüren und meine Zunge durch ihre süße, salzige Mitte zu ziehen. Ich würde sie an ihrem Kitzler verwöhnen, bis sie sich so fest auf mich pressen würde, wie sie es sich mit Jaro vorgestellt hatte.

Ich würde ihr jeden Wunsch erfüllen. Die Hauptsache war nur, dass sie glücklich war. Das reichte, um mich glücklich zu stimmen.

Unwillkürlich presste ich mich gegen die Tür und versuchte, mein Stöhnen zu unterdrücken.

Der Gedanke, dass sie mich so behandeln könnte, ließ meine Lust überschäumen.

Ich stieß mich von der Tür ab und torkelte schon fast zu meinem Bett hinüber.

Mit zusammengebissenen Zähnen öffnete ich meine Hose und umfasste meinen harten Penis.

In wenigen Handbewegungen kam ich bereits.

Mit meinem Penis in der Hand und Sperma auf meinem Bauch wusste ich in diesem Augenblick eines.

Willow würde eines Tages mein Untergang oder meine Gefährtin sein. Nur eines konnte es werden.

# IM ROSENGARTEN

## *Kieran*

Ich saß mit meiner Schwester in der Bibliothek. Während ich schweigend in einem Sessel saß, betrachtete sie die Buchrücken.

»Und du wusstest wirklich nichts von ihr?«

»Nein, sie stand in der Nacht einfach vor uns und stellte sich als fünfte Erntebraut vor.«

Ich musste schmunzeln bei dieser Erinnerung.

»Was ist so komisch?«

»Sie trug eine hochgekrempelte Hose, keine Schuhe und hatte total zerwühlte Haare. Dass sie heute mit einem Riss im Kleid vor mir steht, hat mich zuerst überrascht. Dann wieder auch nicht. Diese Wölfin ist einfach wild.«

»Sie hatte vorher einen Kampf mit der Wölfin aus dem Moon Blood Rudel. Du weißt, wie hitzig die Damen dort sind.«

Alles in mir spannte sich an und ich war kurz davor diese Wölfin zur Rechenschaft zu ziehen.

*»Warum griff sie Willow einfach an? Hatte man ihr keine Manieren beigebracht? Musste man sich in einem fremden Haus so aufführen? Und was wirklich wichtig war. Hatte sie Willow verletzt?«*

Ich wollte nicht, dass meine Schwester von meinen Gedanken eine Ahnung bekam. Deswegen fragte ich so gelangweilt, wie es nur ging, nach.

»Wirklich?«

»Ja, Willow wollte zuerst ruhig bleiben, aber Annara hatte übertrieben. Nach dem Kampf, den Willow übrigens gewonnen hat, hielt Annara endlich ihren Mund.«

Beeindruckt stellte ich mir dieses Spektakel vor.

»Du brauchst gar nicht so gucken. Jede von uns hätte Annara am liebsten unterworfen. Sie ist eine schreckliche Frau. Sie ist so arrogant und überheblich. Es ist kaum auszuhalten mit ihr.«

»Aber Willow war die Einzige, die das wirklich getan hat. Das ist der Unterschied zwischen euch allen und ihr. Sie ist wild und furchtlos.«

Calla wandte sich mir zu und musterte mich einen Augenblick, ehe sie sich wieder den Büchern widmete.

*»Hatte sie meine Gedanken erraten? War das zu auffällig? Mist. Sie durfte davon nichts mitbekommen.«*

»Was war das denn jetzt?«

»Nichts.«

»Und das soll ich dir glauben?«

»Nur, wenn du das willst.«

»Schwesterchen, ich…«

Sie wandte sich mir wieder zu, doch ich versuchte, meine Sinne zu sortieren.

»Da kommt jemand.«

»Wie kommst du darauf?«

Wortlos stand ich auf und ging zur Tür hinüber. Kurz bevor ich sie öffnete, spürte ich ihre Anwesenheit und den Wunsch, bei ihr zu sein, noch viel deutlicher.

Ich biss die Zähne zusammen und öffnete die Tür schließlich.

Hinter ihr stand Willow.

Überrascht sah sie mich mit ihren großen, braunen Augen an. Obwohl ich sie fragen wollte, was sie hier suchte, starrte ich sie hemmungslos an.

Ihr weißer Morgenmantel aus Satin umschmeichelte ihre Figur. Und ihre offenen Haare fielen ihr wie ein weiter Schleier über ihre Schultern.

Ich wollte etwas sagen, wusste jedoch nicht mehr was. Erst, als meine Schwester sich räusperte, zuckte ich innerlich zusammen und fand meine Stimme wieder.

»Willow, schön, dass du da bist. Konntest du nicht schlafen?«

Willow löste ihre Augen von mir und schob sich an mir vorbei. Dabei berührte zu viel von ihrem Körper meinen.

Ich schnappte nach Luft und wandte den beiden Frauen meinen Rücken zu.

»Willow.«

»Ist alles in Ordnung mit dir, Kieran?«

»Mist.«

Wie unter einem Peitschenhieb zuckte ich zusammen.

»Ja, natürlich. Allerdings sollte ich nicht in einem Raum mit ihr sein. Nicht so. Entschuldigt mich.«

Ohne mich noch einmal umzudrehen, schlüpfte ich aus der Tür hinaus und lief in den Garten.

Die kühle Nachtluft würde meinem aufgeheizten Gemüt guttun.

# *Willow*

Ich sah Kieran hinterher und schüttelte mit meinem Kopf.

»Ist alles in Ordnung mit dir?«

»Er ist meinetwegen weggelaufen.«

»Das ist nichts Schlimmes.«

Ich wandte mich Calla zu und betrachtete sie kurz. In ihrem waldgrünen Morgenmantel und dem hellgrünen Nachtkleid darunter wirkte sie noch immer wie eine Königin. Ich dagegen wirkte in meiner farblosen Kleidung eher wie das Schlossgespenst.

»Das sagst du.«

Calla deutete auf die beiden Sessel, die bei dem erloschenen Kamin standen. Wir setzten uns hin und ich wartete darauf, was sie mir zu sagen hatte.

»Wir hatten heute kaum Zeit uns zu unterhalten.«

»Das ist wahr.«

»Deswegen freue ich mich auf diesen Moment. Also Willow, willst du mir etwas von dir erzählen?«

»Da gibt es nicht viel, was ich erzählen könnte. Ich habe bald Geburtstag, meine Mutter war eine Einzelgängerin, sie starb vor vier Jahren. Seitdem bin ich alleine unterwegs. Dann wurde ich vom Sammler hierher gebracht. Das war es dann auch schon.«

»Du lebst seit vier Jahren alleine in der Wildniss?«

Ich nickte ihr bestätigend zu.

»So ist es.«

»Ich bin beeindruckt. Hattest du je Schwierigkeiten?«

»Nicht wirklich. Meine Mutter hatte mich bereits so erzogen, dass ich alleine zurechtkommen musste. Somit hielten sich die Unfälle, seit ich alleine bin, im Rahmen.«

»Kieran und ich sind dagegen ganz anders aufgewachsen. Ich weiß nicht, ob ich nur einen Tag alleine überleben könnte.«

»Das könntest du. Immerhin bist du ebenso eine Wölfin, wie ich. In dir lebt die natürliche Lebensform.«

»Da ist etwas dran. Weil wir es gerade von Kieran haben. Darf ich dich fragen, wie du meinen Bruder findest?«

Ich war überrascht von ihrer Frage.

Dass mein Körper nach ihm verlangte, verschwieg ich ihr. Immerhin wusste ich nicht, woher das kam.

»Er wirkt etwas kalt, reserviert um genauer zu sein. Allerdings sehe ich auch viel Kummer in ihm. Ich glaube neben mir und Linnea, ist er jemand, der nicht hier sein will.«

»Da hast du gut aufgefasst.«

»Also, stimmt dieser Verdacht?«

»So ist es. Kieran war schon früh der Ansicht, dass er keine Luna braucht, um sein Rudel zu führen. Und von diesem Gedanken, lenkt ihn keiner ab.«

»Er hat doch auch recht. Er scheint ein ruhiger und bedächtiger Wolf zu sein. Ich bin mir sicher, dass er sein Rudel führen kann. Eine Luna bräuchte er nur, um für seinen Nachwuchs zu sorgen. Und da bin ich mir sicher, dass es genug Angebote gibt.«

Calla lachte belustigt auf. Kurz überlegte ich, ob ich zu viel gesagt hatte.

»Du hast ihn also durchschaut. Du bist schlauer, als ich dachte. Das mag ich.«

Sie hörte auf zu lachen und sah mich ernst an.

»Glaubst du auch, dass eine Luna nur für den Nachwuchs zuständig ist?«

»Ich weiß es nicht. Um ehrlich zu sein, habe ich mir darüber nie Gedanken gemacht. Die Rudel werden angeführt und so lange einigermaßen Frieden in den Reichen herrscht, bin ich zufrieden.«

»Eine Luna ist viel mehr, als eine Henne in Wolfspelz. Sie sorgt sich um die Familie des Alpha. Und um Angelegenheiten, die der Alpha nicht stemmen braucht. Dazu kümmert sie sich um seine Sorgen und sein Wohlbefinden.«

»Ah ich verstehe, eine Luna bekommt ihr erstes Kind, bei der Eheschließung. Sehr praktisch.«

Calla lachte leise vor sich hin, während sie mit ihrem Kopf schüttelte.

»Du und Kieran, habt ähnliche Ansichten. Aber nein, so ist das nicht. Eine Luna ist der Fels in der Brandung und der Leuchtturm im Nebel. Sie gibt die Richtung an und kümmert sich aus dem Hintergrund heraus, um das Rudel. Viele Wölfe lieben ihren Alpha, doch sie verehren ihre Luna. Für sie würden sie in den Krieg ziehen.«

»Also, ist die Aufgabe einer Luna größer, als ich dachte. Das überrascht mich etwas.«

»Das glaube ich. Aber da du hier bist, gibt es eine Wahrscheinlichkeit, dass du in ein paar Tagen zur Luna wirst. Du solltest wissen, was auf dich zukommen kann.«

Ich zerstreute ihre Bedenken mit einer einfachen Handbewegung.

»Das glaube ich nicht. Immerhin sprechen wir hier von mir.

Ich bin eine Einzelgängerin. Oder wie Annara sagt, eine Streunerin. Welcher Alpha sollte sich freiwillig mit mir abfinden? Es gibt so viele Wölfinnen, die aus einem guten Haus stammen. So, wie du.«

»Aber ich werde niemals die Wiedergeburt der Göttin werden, dass ist rein biologisch kompletter Unsinn.«

»Und warum bist du dann hier?«

Calla sah auf ihre Hände und seufzte kurz.

»Um ehrlich zu sein, war ich die einzige Erntebraut aus unserem Reich. Vater musste mich schicken. Sonst hätte es in den nächsten Jahren wieder keine Möglichkeit gegeben, nach der Göttin zu suchen. Allerdings steht der Frieden der Reiche auf der Kippe. Langsam vergessen die Alpha unsere Geschichte.

Das Andenken der Göttin zerfällt. Mein Vater ist ein weitsichtiger Mann. Er hat Bedenken, dass die Reiche bald in Chaos und Krieg versinken, wenn nicht bald die Göttin erscheint. Und...und...«

Sie stand auf und entschuldigte sich.

»Es tut mir leid.«

Calla verließ die Bibliothek und eilte davon. Offensichtlich hatte ihr Vater einige schlimme Dinge zu ihr gesagt.

Ich verließ ebenfalls die Bibliothek und schlenderte in den Garten hinein. Die letzten Stunden hatten zu viele Eindrücke mitgebracht.

# *Kieran*

Noch bevor ich ihre Schritte hörte, konnte ich ihre Anwesenheit in meinem Geist spüren.

»Hallo kleine Wölfin.«

Sie blieb stehen und drehte sich herum. Langsam trat ich aus dem Schatten heraus, indem ich eigentlich meine Ruhe gesucht hatte.

Als ich sie jetzt sah, musste ich schlucken.

Das Mondlicht schien sie mit einem Glanz zu überfluten, während ihre natürliche, anmutige Haltung das wilde Tier in ihrem Inneren darstellte. Alles an ihr schien perfekt zu sein. Von ihrer Ausstrahlung, bis hin zu ihrem Körper.

Selbst ihre unschuldigen Augen, die dennoch schon so viel gesehen hatten, schienen nicht von dieser Welt zu sein.

Es schien, als ob die Göttin selbst vor mir stand. Aber das konnte nicht sein. Es gab keinerlei Anzeichen, dass jemand die Göttin wieder entdeckt hatte. Keine Gerüchte, nichts.

Sie war schön, mehr nicht. Und das hatte mich nicht zu interessieren. Dennoch, als sie jetzt zu mir sprach, überlief ein Schauer meine Haut.

»Ich wollte dich nicht stören.«

»Das tust du nicht. Was führt dich in den Garten?«

»Die frische Luft, die Nacht. Ich bin es nicht gewöhnt, so lange in einem Haus zu sein.«

»Ein Haus?«

*»Hatte sie den Mondpalast eben wirklich Haus genannt?«*

Sie kräuselte ihren Mund zusammen und nickte mir zu.

»Ja, habe ich. Denn das ist er. Ein Haus. Mehr nicht.«

*»Bei der Göttin, ich will diesen Mund küssen...«*

»Kieran...«

Sie räusperte sich leicht und sah verlegen zum Boden.

»Da war ja etwas ... Es tut mir leid. Du hättest das nicht hören sollen.«

»Ich weiß. Ich weiß auch nicht, warum ich das kann.«

»Deine Fähigkeiten erwachen. Das ist ganz normal.«

Ich hielt ihr meine Hand entgegen und lächelte sie freundschaftlich an.

»Wollen wir spazieren gehen? Einfach so, ohne Hintergrundgedanken.«

Zögerlich legte sie mir ihre Hand in meine und wir wandten uns der Dunkelheit des Gartens zu.

»Du wirst dich daran gewöhnen müssen, unpassende Gedanken zu hören. Niemand kann immer bedacht denken. Sprechen und schreiben sind andere Punkte. Allerdings kommen Gedanken plötzlich und unbedacht und...«

»Kieran.«

»Ja?«

Sie lächelte, als sie weitersprach.

»Ich weiß, wie das funktioniert.«

»Oh verdammt. Entschuldige.«

Erneut lachte sie. Ich genoss diesen freien Augenblick in meinem Leben. Auch, wenn das nicht zur Gewohnheit werden durfte. Mein Vater würde mich verstoßen, wenn ich gefallen an einer Einzelgängerin finden würde.

»Hast du dich noch mit Calla unterhalten?«

»Etwas. Sie ging dann aber zurück in ihr Zimmer.«

»Magst du sie?«

Willow nickte, während sie in den Himmel sah.

»Sie ist eine weise Wölfin.«

»Das ist sie.«

»Aber Kieran, warum ist sie hier? Ich habe sie schon gefragt, allerdings habe ich ihre Antwort nicht verstanden. Sie sprach von eurem Vater und dem Andenken der Göttin.«

»Oh, das. Vater hat Angst, mehr ist es nicht. Aber darum solltest du dich nicht kümmern.

Mein Vater ist etwas eigen. Abgesehen davon war der Gedanke, so lange ohne sie zu sein, nicht angenehm.«

Verwundert sah sie mich an.

»So sehr hängt ihr aneinander?«

»Sie ist meine kleine Zwillingsschwester. Wir waren immer zusammen. Das wäre das erste Mal gewesen.«

»Oh, ich verstehe. Es muss schön sein jemanden zu haben, der einen so sehr liebt.«

»Hast du niemanden?«

Sie schüttelte mit ihrem Kopf.

»Nein. Natürlich hat meine Mutter mich geliebt. Aber ich war lange alleine. Ich hatte keine Freunde, keine Familie. Nichts...«

»Wie gehst du damit um?«

»Es ist, wie es ist. Wenn ich mir den Kopf darüber zerbreche, wird sich nichts ändern.

Vielleicht finde ich in ein paar Tagen meinen Gefährten. Oder irgendwann später. Dann bin ich nicht mehr alleine.«

»Und...Wenn dein Gefährte eine große Familie hat? Würdest du dich damit wohlfühlen?«

Sie dachte über meine Frage nach, bis sie schließlich nickte.

»Ich kann mich gut anpassen und ich kenne jedes Reich in diesem Land. Also, ja. Ich denke schon.«

Wir kamen beim Rosengarten an. Deutlich hing in der Luft, dass hier etwas passiert war.

Willow wurde leiser und starrte auf den Boden. In diesem Augenblick war mir klar, was genau passiert war.

Einer der anderen hatte einen Augenblick mit ihr alleine ausgenutzt.

Obwohl uns das verboten war.

Eifersucht erfasste mein Herz.

Als sie jetzt zu mir sprach, war ihre Stimme nur noch ein Flüstern.

»Du kannst es riechen.«

»Ja.«

»Das ist auch besser so. Ich werde nun gehen. Da du diesen Teil von dem Garten kennst, lasse ich dich zurück. Gute Nacht.«

Ich ging, ohne mich noch einmal umzudrehen.

# *Willow*

Am nächsten Morgen, mussten wir uns in der Eingangshalle versammeln. Die Priesterin, Schwester Ilara, stand uns gegenüber und erklärte uns, was uns an diesem Tag erwarten würde.

»Heute werden wir euch aufteilen. Ihr solltet die Zeit nutzen und euch besser kennenlernen. Jedes Paar kann den Tag verbringen, wie sie es mögen. Allerdings solltet ihr euch von den anderen fernhalten.«

Die Alpha wandten sich den Frauen zu. Jaro kam zwar auf mich zu, doch Annara trat ihm in den Weg.

*»Entschuldige.«*

Unmerklich nickte ich und wandte mich ab. Kieran hielt Sophie seine Hand entgegen.

Er hatte keinen Blick mehr für mich übrig. Offensichtlich war ich in seinem Ansehen gesunken.

Aber das war in Ordnung. Ich würde niemals jemanden zwingen, bei mir zu sein, der das nicht möchte.

Und ich redete mir fest ein, dass mich sein Verhalten nicht verletzen konnte.

*»Ich würde den Tag gerne mit dir verbringen.«*

Ich drehte mich herum und stand Cole aus dem Moon Blood Rudel gegenüber. Seine Haare hatte er zu einem leichten Zopf in seinem Genick zusammengebunden. Sein leicht offenes Hemd ließ die Konturen seines Oberkörpers erahnen. Ich musste mich zusammenreißen, um nicht an ihn heranzutreten und meine Finger durch sein Brusthaar oder seinen Bart fahren zu lassen.

Alles in mir schrie danach, ihn zu berühren.

Er hielt mir seine Hand hin, die ich annahm. Bisher hatte ich mit ihm keinerlei Zeit verbracht, dabei wusste ich, dass dies die Aufgabe der Erntebräute und der Alphasöhne war.

Er führte mich schweigend hinaus. Anstatt jedoch in den Garten zu gehen, bogen wir ab und gingen zu den Stallungen. Vor dem Gebäude standen zwei gesattelte Pferde.

»Ich dachte mir, dass ein kleiner Ausritt das Richtige für dich wäre.«

Lächelnd ging ich zu den Tieren hinüber und strich dem Schimmel über die Nüstern.

»Sie sind wunderschön.«

»Du kannst dir eines aussuchen. Soll ich dir helfen?«

Eigentlich brauchte ich keine Hilfe, allerdings ließ ich ihn gewähren. Nachdem ich so eine Bruchlandung mit Kieran hingelegt hatte, wollte ich es mir nicht auch noch mit Cole verscherzen. Immerhin musste ich noch ein paar Tage hierbleiben. Und irgendwie wollte ich das ruhig hinbekommen. Es gab keinen Grund für Streit.

Er half mir dabei, auf den Rücken des Tieres zu kommen. Während ich dem Pferd beruhigend über den Hals strich, stieg er auf den Rappen neben mir.

In der Zeit, als er seine Steigbügel richtete, ließ ich meine Augen wandern und bemerkte die anderen.

Sowohl Jaro, wie auch Kieran starrten zu mir hinüber. Als ich genauer hinsah, bemerkte ich, dass selbst Kuro mich beobachtete. Ihre Gesichter waren verschlossen, dennoch konnte ich deutlich erkennen, dass sie nicht damit einverstanden waren, dass ich mit Cole alleine Zeit verbrachte. Dabei war ich mir sicher, dass jeder von ihnen seine eigenen Gedanken hatte.

»Manchmal wünschte ich mir, dass ihr auch meine Gedanken hören könntet.«

»Lass uns losreiten und uns anschließend in Ruhe unterhalten. In Ordnung?«

»Gerne.«

# *Kieran*

Ich führte Sophia zu dem kleinen See, der hinter dem Palast lag. Um ehrlich zu sein, hatte ich einfach irgendeine Hand ergriffen. Mir war nur wichtig, dass es nicht die Hand von Willow war. Wie sollte ich sie ignorieren, wenn sie meine Gedanken hören konnte? Sie würde viel zu schnell herausfinden, dass die Wut, die ich versuchte ihr zu zeigen, nur eine Maske war.

»Ich danke dir, dass du mich auserwählt hast. Ich wollte mich schon länger mit dir unterhalten.«

»Hmh.«

Sophia ignorierte mein brummiges Verhalten, stattdessen sprach sie einfach weiter. Selbst ihre sanfte Stimme konnte meine Stimmung nicht aufhellen. Im Gegenteil, ich konnte spüren, wie schnell ich von ihr gelangweilt war.

»Meine Eltern mögen dich sehr. Du bist tapfer und mutig. Und sie sagen, dass dein Herz an seinem rechten Fleck liegt.«

»Danke.«

Plötzlich blieb sie stehen. Verwirrt wandte ich mich zu ihr herum, erst da bemerkte ich den absackenden Erdboden. Beinahe hätte ich sie in den See geführt.

»Mein Vater erwartet nicht, dass wir hier unsere Gefährten finden, allerdings wäre er sehr glücklich darüber, wenn sich unsere beiden Reiche vereinen würden. Der Norden und der Süden könnten eine starke Einheit werden.«

Erst jetzt verstand ich, was sie von mir wollte.

Entschlossen schüttelte ich mit meinem Kopf.

»Dieses Angebot ist zwar ganz nett, allerdings denke ich nicht, dass Kuro mir den Süden überreicht. Und das nur, weil ich eine Braut aus seinem Reich annehme. Natürlich weiß ich, dass dein Vater einer seiner Generäle ist. Aber dieses Angebot ist Unsinn Sophia und das weißt du. Ich habe nie ein Geheimnis daraus gemacht, dass ich keine Luna möchte. Das hat nichts mit dir zu tun.«

Selbst während sie meine Abfuhr bekam, lächelte sie mich freundlich an. Diese Frau schien nichts aus dem Gleichgewicht zu reißen.

»Nun, vielleicht überlegst du dir das eines Tages anders. Mein Angebot steht. Und so lange keiner von uns eine Gefährtenbindung entwickelt, kannst du dir das alles überlegen.«

»Danke für dein Verständnis.«

Sie hakte sich bei mir unter und begann damit mit mir den See zu umrunden.

»Du brauchst dich nicht bedanken. Deine Taten haben dich geformt. Ich habe lediglich Gefallen an dir gefunden.«

Meine Taten ... Die sind mir egal. Und um ehrlich zu sein, wollte ich nur wissen, was Willow mit Cole tat.

# *Cole*

Willow trieb ihr Pferd an, sodass wir über die Felder und Wiesen quasi flogen. Ich ritt hinter ihr, um ihr die Führung zu überlassen. Abgesehen davon, konnte ich sie so notfalls beschützen. Ihr Lachen hallte zu mir hinüber und brachte mich dazu, selbst zu lächeln.

Bei einer alten Eiche hielt sie an und glitt aus dem Sattel heraus.

Mit einem breiten Grinsen streckte sie sich, während ich neben ihr auf dem Boden aufkam.

»Das tat gut. Diese Enge von dem Mondpalast machte mich sowieso langsam wahnsinnig.«

»Das freut mich, dass meine Idee dir so gefällt. Komm, setzen wir uns und essen eine Kleinigkeit.«

Ich holte aus den Satteltaschen eine Decke, eine Wasserflasche und ein paar Dinge zum Essen heraus.

Wir setzten uns auf die Decke und lehnten uns an der Eiche an.

Ich beobachtete Willow dabei, wie sie zu einem Apfel griff und ihn geschickt mit ihren Händen teilte. Sie bot mir eine Hälfte an, während sie in die andere hineinbiss.

Dankend nahm ich den Apfel an und biss hinein. Der fruchtige Geschmack breitete sich in meinem Mund aus.

»Warum wolltest du mit mir hierher kommen?«

Ihre Frage riss mich aus meinen Gedanken. Doch als ich ihr antwortete, lächelte ich.

»Nun, du bist eine Erntebraut und ich ein Alpha. Ich wollte dich einfach besser kennenlernen.«

»Und warum hast du dann nicht eine genommen, die auch eine Luna werden könnte?«

»Was spricht dagegen, dass du eine Luna wirst?«

Sie sah zu mir hinüber. Ich konnte aber ihren Gesichtsausdruck nicht deuten.

»Ich sagte das schon ein paar Mal. Ich bin eine Einzelgängerin. Die Wildnis ist mein zu Hause.«

»Das bedeutet nur, dass du dich in jedem Reich auskennst.«

Kurz verstummte sie, bevor sie nickte.

»So habe ich das alles noch gar nicht gesehen.«

»Dann solltest du damit anfangen. Immerhin bist du nicht so wertlos, so, wie du dir das einredest. Du kennst die Wölfe im gesamten Land, du weißt wie sie leben und was sie benötigen. Du könntest eine gute Hilfe und eine noch viel bessere Luna sein.«

Sie zog ihre Beine an und legte ihre Arme auf ihre Knie. Offensichtlich brachten meine Worte sie zum Nachdenken.

»Versuche, es einmal von einer anderen Seite aus zu sehen. Ich bin zum Beispiel vierunddreißig. Und somit wirke ich mit meinen sechzehn Jahren, die wir als Altersunterschied haben, als alt.

Allerdings fragt in ein paar Jahren keiner mehr danach. Und bei der Lebensspanne eines Werwolfs ist das sowieso kein Alter.

Verstehst du, was ich sagen will?«

Sie nickte mir zu, dabei fiel mir ein kleines Stück von dem Apfel auf, der an ihrem Mundwinkel war.

»Nur, weil unser Altersunterschied jetzt groß und vielleicht sogar unangemessen erscheint, heißt das nicht, dass dieses Thema in ein paar Jahren noch ein Problem sein würde.«

»Richtig. Ab einer gewissen Zeit achten die Leute nicht mehr auf solche Kleinigkeiten. Und so würde das auch mit dir und deiner Herkunft sein.«

»Das ist dennoch ein Thema, über das wir beide nicht sprechen müssen.«

»Warum denn das nicht?«

Die Röte stieg ihr den Hals hinauf, als sie jetzt sprach. Dies ließ den kleinen Krümel des Apfels noch deutlicher hervortreten.

»Die Wahrscheinlichkeit, dass du eine Gefährtenbindung zu mir hast, ist sehr gering.«

»Wie kommst du darauf?«

»Nun, die anderen scheinen auch auf körperlichem Wege an mir interessiert zu sein. Du, nicht so.«

»Ach so ist das?«

Ohne eine Vorwarnung lehnte ich mich vor und leckte das Apfelstück von ihrem Mundwinkel ab, während ich ihr einen flüchtigen Kuss gab.

Als ich mich jetzt einige Zentimeter von ihrem Gesicht entfernte, sah ich ihr tief in ihre dunklen Augen. In diesem Augenblick riss ich mich nicht zusammen, deswegen war ich mir sicher, dass sie meinen Geruch bemerken würde.

Deutlich hing er zwischen uns.

»Nur, weil ich mich besser im Griff habe, heißt das nicht, dass ich kein Interesse an dir habe. Ich falle nur nicht gleich über dich her. Allerdings kann ich das ändern, wenn es das ist, was du willst.«

Sie sah mich mit ihren großen Augen an, während sie einmal schluckte und schließlich mit ihrem Kopf schüttelte.

»Ich weiß dein Angebot zu schätzen. Allerdings werde ich diesen Fehler nicht noch einmal machen.«

Jetzt wurde ich stutzig.

»Von welchem Fehler sprichst du?«

Sie sah auf den Rest ihres Apfels, als sie mir erzählte, was geschehen war.

»Jaro und ich ... Wir kamen uns näher. Nicht zu nah, aber etwas schon. Natürlich weiß ich, dass sein Moschusduft an mir hing. Kuro reagierte darauf, als er mich zu meinem Zimmer brachte. Er hat nichts versucht, allerdings zog er sich schnell zurück und ich habe gesehen, warum. Doch Kieran. Er.«

Sie biss sich auf ihre Unterlippe, bevor sie mich offen ansah und aussprach, was er mal wieder angestellt hatte.

»Seit dem er das mitbekommen hat, schneidet er mich.«

Ich lächelte sie sanft an und schüttelte mit meinem Kopf. Liebevoll küsste ich ihre Stirn, bevor ich ihr die Wahrheit erzählte.

»Kieran war nicht wütend auf dich. Im Gegenteil, ich vermute, dass er wütend auf sich war.«

»Warum denn das?«

»Weil er erschrocken ist. Er selbst versucht sich mit Händen und Füßen, gegen eine Luna zu stemmen. Nicht, weil er keine will. Sondern, weil er gesehen hat, wie nachlässig seine Mutter behandelt wurde, nachdem die Kinder auf der Welt waren. Er hasst diese Behandlung wichtiger Rudelmitglieder.«

»Das ergibt Sinn...«

»Er will nicht, dass du von uns ausgenutzt wirst. Als Einzelgängerin hast du kein Rudel, vor dem wir uns rechtfertigen müssen. Somit kann man dich fälschlicher Weise als Freiwild bezeichnen.«

»Aber das bin ich.«

Überrascht zog ich meine Augenbrauen hoch.

»Sieh mich nicht so an. Ich bin alleine und somit nur für mich selbst verantwortlich.

Und wenn ich euch lasse, muss nur ich damit zurechtkommen. Ich habe keinen grimmigen, gefährlichen Vater. Ein wütendes Rudel oder eine Mutter, die vor Scham eingeht. Ich entscheide für mich selbst und ich muss damit leben. Und wenn ich von jemanden körperliche Zuneigung möchte, ist das einfach so.«

»Also, siehst du das alles etwas anders, als wir?«

»Sieht so aus.«

»Nun, ich könnte nicht behaupten, dass mich das stören würde.«

Ich legte mich auf meine Seite und stützte meinen Kopf in meiner Hand auf. Willow schob das Obst zur Seite und legte sich neben mich.

»Gibt es noch andere Unterschiede zwischen uns?«

»Ich weiß es nicht.«

Willow drehte sich auf ihren Rücken und betrachtete die Blätter der Eiche.

»Ich weiß nicht woher diese Lust in mir kommt. Bevor ich euch kannte, war da eigentlich nichts. Und jetzt das alles... Es ist verwirrend für mich. Da fällt mir ein, die Frage sollte ich vielleicht jedem von euch stellen, aber irgendwie habe ich den Anschein, dass du der Einzige sein wirst, der ehrlich sein wird. Hattet ihr eigentlich schon viele Wölfinnen in euren Betten?«

»Ich kann nur von mir aus sprechen, und leider muss ich das mit ja beantworten. Schon immer stand für mich fest, dass ich Erfahrungen sammeln kann und will, jedoch keine Beziehung eingehen will. Was das angeht, will ich meine Gefährtin an meiner Seite haben. Sonst niemanden.«

»Erfahrungen ... Die werden die anderen auch haben.«

»Und du? Hast du schon Erfahrungen sammeln können?«

»Ich hatte bisher keine Beziehung. Und dann war da Jaro.«

»Oh, er war dein Erster?«

»Nicht direkt.«

»Indirekt? Das klingt interessant.«

Sie warf mir einen abschätzenden Blick zu, ehe sie meine Neugierde befriedigte.

»Seine Kleidung blieb an und meine ebenfalls. Er hat nur seinen Mund benutzt...«

»Sehr vorbildlich von ihm. Hat es dir wenigstens gefallen?«

»Sehr sogar.«

»Das ist gut. Positive Erfahrungen kann man immer gebrauchen. Egal, um was es geht.«

»Das stimmt.«

Ohne mich vorzuwarnen, sprach sie weiter und erwischte mich damit eiskalt.

»Ich würde gerne noch mehr Erfahrungen sammeln, bevor ich vielleicht eines Tages meinen Gefährten finde.«

»Bist du dir sicher?«

»Bin ich. Abgesehen davon, macht mich diese Lust wahnsinnig. Egal, was geschieht, sie vergeht nicht. Sie ist wie ein Feuer, das in mir brennt. Und wenn es nur noch glimmt, kommt einer von euch vier um die Ecke und ich stehe in einem Waldbrand.«

Ich wusste nicht, ob sie verstand, was das bedeuten konnte. Doch ich verstand sie. Wenn meine Vermutung stimmte und wir alle gleich auf sie reagierten, dann konnte es möglich sein, dass sie vielleicht die Eine war, die wir suchten. Doch, um sicher zu sein, musste ich erst mit den anderen sprechen.

»Aber das ist egal. Ich denke nicht, dass ihr alle meine Gefühle versteht und akzeptiert.

Dieser Unsinn kommt wohl durch meine baldige Wandlung. Vielleicht gehe ich euch dann nicht mehr auf die Nerven.«

Schweigend stand ich auf und begann damit mich auszuziehen. Ich konnte dabei ihre Blicke auf meiner Haut spüren.

Schließlich setzte ich mich neben sie und hielt ihr meine Hand hin. Sie nahm sie an und kniete sich neben mich hin.

»Zuerst solltest du verstehen, dass Nacktheit unter uns Wölfen ganz normal ist. Nach jedem gemeinsamen Lauf sehen wir uns so, wie wir sind. In einem Rudel wächst man damit auf, denn jeder darf mitrennen. Erst als Mensch, dann als Wolf.«

»Verstanden.«

Sie stand auf und zog ebenfalls ihr Kleid aus. Meine Augen wanderten dabei über ihre makellose, helle Haut. Zwar fiel mir ihre Halskette auf, allerdings wurde ich zu sehr abgelenkt.

»Wie hast du es nur geschafft so eine helle Haut zu behalten?«

Sie zuckte mit ihren Schultern und lächelte mich an.

»Nun, manche Wölfe tragen gerne Kleidung. Und andere mögen es nicht in der Sonne zu braten.«

Willow wollte sich wieder neben mich hinknien, doch ich zog sie sanft an ihrer Hand auf meine Beine. Dabei achtete ich, dass sie nicht zu weit oben saß.

Im selben Augenblick spürte ich, wie verkrampft sie war.

So wie es aussah, hatte sie wirklich keinerlei Erfahrung. Liebevoll lächelte ich sie an und erklärte ihr alles.

»Entspanne dich. Du kannst nichts falsches machen und das alles ist vollkommen normal.«

»Sagst du.«

»Sieh mich an.«

Langsam glitten ihre Augen hoch, bis sie mir in meine Augen sah. Erst da lächelte ich sie an.

»Siehst du. Ich bin immer noch derselbe.«

»Das stimmt.«

Willow biss sich auf ihre Unterlippe und ich musste gegen meinen Drang ankämpfen, sie ebenfalls zu beißen.

»Was jetzt?«

Ich zog sie an mich heran und küsste sie. Erst sanft, dann etwas drängender. Sie erwiderte meinen Kuss, ohne zu zögern. Offensichtlich hatte sie dabei bereits Erfahrung sammeln können.

Ohne mein Zutun fuhr ihre Hand langsam von meiner Schulter an meiner Brust entlang. Sie verharrte in meinem Brusthaar, während sie mit ihrer Zunge über meine Lippen leckte. Ich ließ sie ein und verlor mich nahezu in unserem Kuss. Sie schmeckte so süß, wie der Frühling duftete. In ihr lag eine ungebändigte Wildheit die im Augenblick ganz von alleine sanft und ruhig wurde.

Alles in mir schrie danach, sie an ihrer Hüfte zu packen und auf meinen Penis zu setzen.

Allerdings hielt ich mich zurück. Sie sollte die Geschwindigkeit bestimmen, nicht ich.

Willow rutschte etwas näher an mich heran. Als sie mich jedoch an meinem harten Penis berührte, zuckte sie zusammen und rutschte wieder zurück.

»Ich wollte dir nicht wehtun.«

Liebevoll legte ich meine Hände an ihren Po und zog sie wieder näher an mich heran.

»Das hast du nicht.«

»Sicher?«

»Ganz sicher. Du kannst mich berühren, wenn du willst. Ich sage dir schon, was sich gut anfühlt und was nicht.«

Sie biss sich wieder auf ihre Unterlippe, während sie sich konzentrierte und sanft meinen Penis berührte. Natürlich musste ich mich zusammenreißen, damit ich ihr nicht meine Lust entgegen stöhnte. Dennoch bekam sie meine schnellere Atmung mit.

Abschätzend musterte sie mein Gesicht, doch ich war lediglich dazu in der Lage ihr zuzunicken.

Zärtlich strich sie mit ihren Fingern über meine Eichel, während ihre andere Hand meinen Schaft erkundete. Sie sah sich alles genau an und reagierte auf jeden unregelmäßigen Atemzug von mir.

»Ich möchte mehr sehen.«

»Soll ich mich hinstellen?«

»Nein.«

Sie kletterte von meinen Beinen herunter und wartete, bis ich ihr Platz machte. Schließlich legte sie sich zwischen meine Beine.

Ihre Finger berührten mich immer wieder an meinem Penis, bevor sie sich wagte ihre andere Hand an meinen Hoden zu führen. Zärtlich strich sie über meine Haut, um mich dann schließlich mit ihren Fingern komplett zu umschließen.

Ich wollte ruhig bleiben und ihr die Zeit geben, die sie brauchte. Doch meine Lust stieg mit jeder ihrer Berührungen. So konnte ich es nicht verhindern, dass mir das erste, kehlige Stöhnen entwich.

Neugierig hob sie ihren Kopf und ich konnte ein Lächeln in ihrem Gesicht erkennen.

»Tut mir leid, ich wollte mich zusammenreißen.«

»Mach das nicht. Ich will wissen, was meine Berührungen in dir auslösen.«

Bevor ich ihr darauf eine Antwort geben konnte, lehnte sie sich vor und fuhr mit ihrer Zungenspitze über meine Eichel.

Dieses Mal war mein Stöhnen lauter und nicht zurückhaltend. Sanft legte ich meine Hand auf ihren Hinterkopf und auch, wenn ich sie hinunterdrücken wollte, so tat ich es nicht.

Zentimeter für Zentimeter erkundete ihre Zunge meinen Penis, bis sie schließlich sanfte Küsse über meine Eichel verteilte.

Ich schloss meine Augen und lehnte mich an der rauen Rinde der Eiche an. Noch nie hatte mich eine Frau so intensiv berührt.

»Willow…«

Wortlos lehnte sie sich vor und führte dadurch meinen Penis in ihren Mund ein. Meine Finger verkrampften sich in ihren Haaren, während ihre Berührung durch meinen Körper schoss. Ein angenehmer Schauer jagte den nächsten, während sie anfing, sich zu bewegen. Immer wieder zog sie sich zurück, nur um mich dann wieder in ihrem Mund aufzunehmen.

Ich konnte spüren, dass mein Orgasmus nicht mehr weit entfernt war.

»Willow, Vorsicht.«

So schnell konnte ich gar nicht reagieren, da hatte sie sich auch schon von mir zurückgezogen. Abschätzend sah sie auf meinen Penis, während sie ihre Frage stellte.

»Habe ich dich verletzt?«

»Nein, aber wenn du so weitermachst, werde ich kommen.«

Sie sah mir nur kurz in die Augen, bevor sie sich wieder hinlegte und sich erneut um meinen Penis kümmerte.

Ohne, dass ich es anfänglich bemerkte, legte sie ihre Hand um meinen Hoden und meinen Schaft und begann damit beide zu massieren, während sie an mir sog und mit ihrer Zunge über meine Eichel fuhr.

Ein letztes Mal fuhr ich mit meinen Händen in ihre wilden Locken hinein, bevor ich mein Sperma in ihren Mund entließ.

Ich erwartete, dass sie es angeekelt ausspucken würde, doch stattdessen schluckte sie es hinunter und fuhr erneut mit ihren Lippen über meine Eichel. So lange, bis mein Orgasmus abebbte.

Erst danach hob sie ihren Kopf und sah mich fragend mit ihren Rehaugen an.

»War das so richtig?«

»Bei der Göttin. Du bist perfekt.«

# *Kieran*

Ich stand am Fenster und sah hinaus, während sich Jaro und Kuro über ihren Tag unterhielten. Die Sonne war bereits untergegangen, als Willow und Cole endlich wieder eintrafen.

Der Sammler nahm ihnen beiden die Pferde ab und somit konnte ich beobachten, wie sich Willow auf ihre Zehenspitzen stellte und Cole umarmte. Er erwiderte ihre Umarmung und führte sie anschließend in den Mondpalast.

Ich kehrte zu den anderen beiden zurück und setzte mich in einen der blauen Sessel. Kurz darauf ging die Tür auf und Cole trat ein. Während die anderen ihn begrüßten, setzte er sich zu uns. Sofort stieg mir der Moschusduft in die Nase. Ich wollte meinen Mund halten. Doch meine Eifersucht war einfach größer.

»Du auch? Ich hatte gedacht, dass wenigstens du etwas Anstand besitzen würdest.«

Cole sah zwischen seinen Haarsträhnen zu mir hinüber. Da war keine Wut oder Belustigung in seinen Augen.

»Du solltest nicht urteilen, wenn du die Gegebenheiten nicht kennst.«

»Welche Gegebenheiten? Ist sie etwa deine Gefährtin?«

»Das nicht.«

»Aber?«

Kuro und Jaro schwiegen, sahen jedoch interessiert zu Cole hinüber. Ich war also nicht der Einzige, der wissen wollte, was geschehen war.

»Wenn ihr es wissen wollt, ich habe mich mit ihr unterhalten.«

»Aha.«

»Lass mich ausreden. Wir haben offen miteinander gesprochen. Dabei sind wir von eurem Verhalten zu ihren Erfahrungen gekommen. Sie wollte mehr Erfahrungen sammeln.«

»Und da hast du dich einfach bereit erklärt, ihr zu zeigen, wie eine schnelle Nummer geht? Wie vorbildlich von dir.«

»Kieran.«

Seine Stimme war warnend. Ich wusste, dass er kurz davor war, sein Rudel zu übernehmen, und dementsprechend eine gewisse Autorität besaß, dass er es jedoch wagte, diese an mir auszuprobieren, konnte ich nicht zulassen.

»Was?«

»Sprich nicht noch einmal so über uns.«

»Oh, es gibt schon ein *uns*?«

»Kieran? Können wir uns unterhalten?«

Ich zuckte zusammen, als ich ihre Stimme hörte. Offensichtlich hatte unser Streit Willow zu uns geführt.

»Warum?«

Willow betrat das Zimmer und trat zu uns heran. Die geschlossene Tür in ihrem Rücken bedeutete wohl, dass wir das jetzt und hier klären würden.

»Ich will nicht, dass du Cole oder Jaro so provozierst. Natürlich ergibt sich eine engere Bindung, wenn man solch intime Momente miteinander teilt. Aber das gibt dir nicht das Recht, dich so zu benehmen. Du wolltest mich nicht weiter kennenlernen. Und du gehst mir aus dem Weg. Dazu benimmst du dich, wie ein kleines Kind. Wenn du also jemanden die Schuld geben willst, weshalb wir nicht solch einen Moment miteinander geteilt haben, dann dir.«

Was sagte sie da?

Wütend sprang ich auf und funkelte sie an.

»Niemand sollte solch einen Augenblick mit dir haben! Allein darum geht das alles hier!«

»So? Ich darf also keine Erfahrungen sammeln? Warum nicht? Bin ich als Einzelgängerin in deinen Augen nichts wert? Beschmutze ich eure heilige Alphaausstrahlung etwa? Dann tut mir das leid. Aber ich kann dich beruhigen. So, wie du dich benimmst, wirst du wohl für immer alleine sein.«

Sie wandte sich an die anderen drei und wünschte ihnen eine gute Nacht, bevor sie sich umdrehte und ging.

Fassungslos starrte ich ihr hinterher.

# *Willow*

Wütend stapfte ich die Stufen hinauf.

»Das kann doch alles nicht wahr sein.«

Oben angekommen, betrat ich den Gang, der zu meinem Zimmer führte, als ich Annara entdeckte.

Sie stand gebeugt vor meiner Zimmertür und hatte die Tür einen spaltweit geöffnet.

»Was machst du da?«

Erschrocken sprang sie auf und drehte sich herum. Als sie mich erkannte, erschien auf ihrem Gesicht wieder dieser wütende und trotzige Gesichtsausdruck.

»Du bist doch noch da? Schade. Ich dachte eigentlich, dass du weggelaufen bist.«

»Tut mir leid. Ich habe mir nun einmal zum Ziel gesetzt euch allen das Leben zur Hölle zu machen. Und nun wäre es furchtbar freundlich von dir, wenn du mich alleine lassen würdest. Ich würde gerne ein Bad nehmen.«

# *Kuro*

Jaro blieb stehen und sah zu Willows Zimmer hinüber. Nachdenklich legte er seine Stirn in Falten.

»Was ist?«

»Sie scheint noch immer ziemlich wütend zu sein. Kieran hat übertrieben, als er sie so anschnauzte. Ich wäre fast dazwischen gegangen, im schlimmsten Fall, hätte ich einen Krieg angezettelt. Dieser Idiot kann doch nicht so mit einer Frau umgehen.«

»Du kannst in dein Bett gehen, ich werde noch einmal nach ihr sehen.«

Jaro nickte mir zu, während er seine Hand auf meinen Arm legte.

»Mach das, du bist der sensibelste von uns. Wenn ihr einer helfen kann, dann du.«

»Danke. Gute Nacht.«

»Dir auch.«

Unsere Wege trennten sich.


An ihrer Zimmertür angekommen, klopfte ich leise an.
*»Wer will denn jetzt wieder etwas?«*

»Wenn du das bist, Kieran, dann will ich dich nicht sehen!«

Erschrocken hielt ich inne, als ihre Stimme in meinem Geist verklang.

»Konnte ich gerade ihre Gedanken hören?«

Ich öffnete ihre Tür und verschloss sie hinter mir. Erst dann sah ich mich um.

»Ich bin hier.«

Ich drehte mich zu ihr herum, als sie tiefer in die Badewanne sank.

*»Hoffentlich hat er nichts gesehen.«*

*»Habe ich nicht.«*

Erschrocken richtete sie sich in der Badewanne auf und starrte mich mit offenen Mund an.

»Du kannst meine Gedanken hören?«

»Sieht so aus.«

»Seit wann?«

»Seit jetzt.«

*»Grünes Rind, grünes Rind.«*

Ich musste lächeln, als ich es mir vorstellte.

»Ja, auch das kann ich hören.«

Langsam ging ich zu ihr, um beim ersten Anzeichen einer Abwehr wieder umzukehren. Doch sie ließ es zu, dass ich bis zu ihr an die Badewanne herantrat.

Ich zog mir einen Schemel heran und setzte mich hinter das Kopfteil der Badewanne.

»Geht es dir gut?«

»Nein, ich bin wütend auf Kieran.«

»Das habe ich mitbekommen. Er hat das alles nicht böse gemeint, das weißt du, oder?«

Sie nickte, schwieg jedoch.

»Er ist ein guter Kerl, warum er dir gegenüber so sensibel ist, wissen wir selbst nicht.«

»Warum beschützt ihr ihn?«

»Wir sind mehr oder minder miteinander aufgewachsen.

Auf den Festen unserer Väter haben wir uns immer gesehen. Somit würde ich behaupten, dass wir Freunde sind.«

»Wirklich?«

Ich nickte ihr zu, während ich mich bemühte keinen Blick unterhalb der Wasseroberfläche zu werfen.

»Wolltest du wirklich nur Erfahrungen sammeln?«

Willow wandte sich halb zu mir herum und sah mich mit ihren großen Augen an.

»Was denkst du denn?«

»Nun, vielleicht hast du dich ja in Cole und Jaro verliebt.«

»Warum? Nur, weil sie attraktiv sind? Dann hätte ich mich auch gleich in dich und Kieran verliebt. Ich denke nicht, dass das alles so funktioniert.«

»Du findest mich attraktiv?«

Ein kurzes Lächeln erschien in ihrem Gesicht und ließ mein Herz gleich viel schneller schlagen.

»Ja, finde ich. Und die anderen ebenfalls. Vielleicht ist dass das Alphagen?«

»Das denke ich nicht. Ich denke eher, dass wir viel Glück hatten.«

»Bestimmt, ihr habt euer Äußeres vom Glück.«

»Warum denn nicht, schließlich hast du auch eine große Portion davon abbekommen.«

»Ich? Unsinn.«

»Nein, das meine ich ernst. Du siehst wirklich schön aus.«

Sie zog ihre Augenbraue hoch und musterte mich skeptisch. Anschließend schüttelte sie mit ihrem Kopf und lehnte sich wieder an die Wand der Badewanne an. Dabei konnte ich einen guten Blick auf die obere Rundung ihrer Brüste erhaschen.

Kurz flog durch meinen Geist das Bild, wie ich ihre Brüste streichelte und liebkoste.

Dann verschwand das Bild und Willow und ich sahen und zeitgleich an.

Blinzelnd versuchten wir die Situation zu verstehen.

»Kam das von mir oder dir?«

»Ich weiß es nicht.«

Ich wusste das wirklich nicht.

Mit rosigen Wangen sah sie zur Wasseroberfläche, bevor sie sich traute ihre Frage zu stellen.

»Würdest du das wollen?«

»Du fragst mich gerade, ob ich dich berühren möchte?«

»...Ja.«

Ich erinnerte mich daran, was Cole gesagt hatte. Sie wollte Erfahrungen sammeln.

»Schon die ganze Zeit...«

Willow hob ihren Arm und ergriff meine Hand. Langsam führte sie mich zu ihrer Brust hinab. Ich rutschte näher an die Badewanne heran, sodass ich quasi direkt hinter ihr saß.

Erst dann lehnte ich mich an sie an und ließ meine Hände von ihren Schultern aus, bis hin zu ihrer Brust wandern.

Ihre Brüste waren warm und weich in meinen Händen.

Vor meinem inneren Auge konnte ich sehen, wie meine Hand zwischen ihre Beine glitt und sie berührte. Ein kurzer Blickwechsel mit ihr genügte, um mir zu zeigen, dass sie das wirklich wollte.

»Dein Wunsch, ist mein Befehl.«

Ich lehnte mich vor und glitt mit meiner Hand in das Wasser hinein. Bereitwillig spreizte sie ihre Beine und führte meine Hand an den Platz, an dem sie berührt werden wollte.

Liebevoll verteilte ich kleine Küsse an ihrem Hals, leckte leicht über ihr Ohrläppchen und sog an dem kleinen blauen Fleck, den Cole hinterlassen hatte.

Meine Finger glitten an ihrer weichen Haut entlang, bis ich mit einem in sie eindrang.

Ihr leises Wimmern an meinem Ohr ließ mich lächeln.

*»Willst du mehr?«*

*»Ich will viel mehr.«*

*»Was willst du?«*

Sie sprach nicht aus, was sie wollte, allerdings flimmerte vor meinen Augen ein Bild auf, dass sie mit allen Alphas aus diesem Haus in ihrem großen Bett zeigte.

Deutlich konnte ich sehen, dass keiner von uns Kleidung trug. Sie wollte zwei von uns zeitgleich in sich spüren, während sie sich mit ihrem Mund um die anderen beiden kümmerte.

Ich keuchte leicht gegen ihren Hals, als mich die Lust in diesen Gedanken eiskalt erwischte.

Wie lange hatte sie sich bereits dagegen gewehrt?

Meine Bewegungen wurden schneller, bis sie sich an meinen Arm klammerte. Ihre Gedanken schweiften weiter und ich konnte fühlen, wie sie sich dabei fühlen würde.

Zeitgleich pressten wir uns aneinander, um unseren gemeinsamen Orgasmus zu genießen.

Sie kam, während ich meine beiden Finger in ihr hatte. Ihre Muskeln pressten sich rhythmisch um meine Finger, während mein Penis in meiner Hose zuckte.

Außer Atem lehnten wir uns aneinander an. Meine Finger strichen liebevoll über ihre Mitte, während ihre Fingerspitzen über meinen Arm strichen. Nicht einmal mein nasser Ärmel konnte mich hiervon ablenken.

»Und wieder ein Grund mehr, weshalb sich Kieran aufregen wird.«

Ich gab ihr einen sanften Kuss an ihre Schläfe, bevor ich unbedacht meine Gedanken aussprach.

»Du willst uns alle. Das sollte ihm langsam bewusst werden. Er sollte aufhören eifersüchtig zu sein.«

»Ist das schlimm, dass ich euch alle will?«

»Nein, überhaupt nicht. Und denke daran, vielleicht wird sich dieser Wunsch in ein paar Stunden ändern?«

»Ich hoffe es nicht.«

Sie schmiegte sich an mich und schloss ihre Augen.

»Ich fühle mich wohl bei euch. Sogar wenn Kieran und ich streiten...«

»Ihr solltet einmal miteinander reden. Und vielleicht sogar einen Schritt weitergehen.«

»Meinst du?«

»Vielleicht beruhigt er sich dann? Er will dich, Willow. Und, dass wir dir bereits näher gekommen sind, verunsichert ihn.«

»Bist du dir sicher? Was ist mit seiner Gefährtin und dieser Erntebraut Sache?«

»Das ändert nichts an unseren Gefühlen. Selbst wir anderen drei wollen dich. Ob dieses körperliche Gefühl zu Liebe wird, werden wir erst wissen, wenn du deine Wandlung hattest. Vorher würde keiner von uns das zu dir sagen.«

# *Willow*

Nachdem Kuro mich alleine gelassen hatte, hatte ich über seine Worte nachgedacht. Und vielleicht hatte er recht? Vielleicht musste ich Kieran einfach nur zeigen, dass ich sie alle vier wollte?

Ohne weiter darüber nachzudenken, zog ich meinen Morgenmantel an und eilte über den Gang.

Ich musste das endlich mit Kieran klären.

Vorsichtig klopfte ich an seine Tür an.

Als Calla mir die Tür öffnete, sah ich sie überrascht an.
»Du?«

»Willow, warum bist du so spät noch hier?«

Schnell musste mir eine Ausrede einfallen. Ich konnte Calla schlecht die Wahrheit sagen.

»Wir haben uns vorhin gestritten. Ich will das klären.«

»Oh, wirklich?«

Sie drehte sich zu Kieran um, um ihn zu tadeln.

»Du solltest nicht mit einer Frau streiten, das weißt du doch. Du führst dich auf, als ob du keine Manieren hättest. Männer. Stur und dumm.«

»Lass sie rein. Und du lässt uns bitte alleine.«

»Schon gut.«

Sie streckte ihm spielerisch die Zunge heraus, ehe sie mich noch einmal anlächelte und in ihr Zimmer zurückkehrte.

Entschlossen dieses Chaos zu beseitigen, betrat ich sein Zimmer.

Kieran saß auf seinem Bett, nur mit einer Hose bekleidet und wartete auf mich und meine Entschuldigung.

Ich schluckte hart, als ich ihn sah und verschloss die Tür.

Als ich langsam näher trat, bemerkte ich, wie er tief einatmete. Natürlich konnte er meinen Duft deuten. Langsam hasste ich seine Nase.

»Bist du hier, damit du auch den letzten Mann von deiner Liste streichen kannst? Sind wir nicht mehr für dich?«

»Nein.«

»Dann willst du mir unter die Nase halten, dass die anderen dich haben konnten und ich nicht?«

»Nein.«

Bevor ich ahnte, was er vorhatte, stand er bereits und presste mich mit seinem Körpergewicht gegen die Wand neben seinem Bett. Er umfasste meine Hände und hielt sie über meinen Kopf fest.

»Dann willst du einfach nur sterben, kleine Wölfin?«

Knurrend fuhr er mit seiner Nase an meinem Hals entlang und verfolgte die Duftnote, die Kuros Arm auf mir hinterlassen hatte. Als ich ihm antwortete, war mein Mund trocken und meine Beine zitterten.

Aber nicht, weil ich Angst vor ihm hatte.

»Nein.«

»Was willst du dann?«

Er sah wieder zu mir hinauf. Seine Augen wirkten viel dunkler als sonst. Während ich ihm so ausgeliefert war, atmete er tief ein, ich wusste, dass er meine Lust riechen konnte. Doch, dass er dabei so ruhig bleiben konnte, erschreckte mich schon nahezu.

»Ich will dich.«

»Aha, für deine Liste?«

»Es gibt keine Liste.«

»So? Was willst du dann von uns?«

»Ich will euch alle vier. Keinen mehr und keinen weniger. Ich...ich...«

»Du?«

Erneut lehnte er sich vor und fuhr mit seiner Nase an meinem Hals entlang. Immer wieder sog er dabei meinen Duft ein.

Bei der Göttin, dieser Mann machte mich wahnsinnig.

»Ich denke, ich fühle mich euch allen verbunden.«

Jetzt war es raus. Ich hatte das ausgesprochen, was ich eigentlich schon so lange wusste, mir aber nie eingestanden hatte.

»Schon als ich euch alleine sah, wenn ich in euren Reichen war, wollte ich nur zu euch.«

»Aha, auf einmal.«

»Du glaubst mir nicht.«

»Wie soll ich einer *Erntebraut* glauben, die sich einen Kerl nach dem nächsten nimmt. Willst du uns mit Absicht den falschen Glauben aussetzen, dass du die Wiedergeburt der Göttin bist?«

Das unterschwellige Knurren in seiner Stimme machte mich wahnsinnig. Konnte dieser Wolf nicht aufhören zu streiten?

Ich packte meinen letzten Mut zusammen und zog mich an seiner Hand hoch, anschließend umschlang ich ihn mit meinen Beinen.

Er ließ es zu und gab mir einen intensiveren Halt, indem er mich fester an die Wand presste.

»Scheiß auf die Göttin. Ich will dich. Und Jaro, Kuro und Cole. Ist das ein verdammtes Problem? Ich sehe doch, dass ihr mich auch wollt. Also, warum sträubst du dich dagegen?«

»Weil ich mich nicht benutzen lasse.«

»Ich auch nicht. Warum meinst du wohl, bin ich so durcheinander?«

»Weil du kurz vor deiner ersten Wandlung stehst. Da spinnen die Frauen immer.«

»Und deswegen weist du mich zurück?«

Bevor er mir antworten konnte, wurde seine Tür aufgestoßen. Wir sahen hinüber und konnten die anderen drei entdecken. Sie trugen für den Abend nur eine weiche, weite Hose, somit verbarg sie nicht halb so viel von ihrer Erregung, wie sie es eigentlich tun sollte.

Jaro betrat Kierans Zimmer und sprach das aus, was die anderen bereits wussten.

»Entweder nimmst du sie jetzt, oder wir machen das. Ihre Lust können wir in der gesamten Etage riechen.«

Mit steinerner Miene wandte sich Kieran wieder zu mir herum, zog mich an sich heran und küsste mich.

Sein Kuss war hart, dennoch leidenschaftlich. Er machte mich mit seinem Verhalten wahnsinnig, sodass ich mir ein Stöhnen nicht verkneifen konnte. Endlich hatte er die Mauer zwischen uns überwunden.

Vorsichtig lösten wir uns von der Wand. Kieran hielt mich in seinen Armen und trug mich in die Mitte seines Zimmers. Deutlich konnte ich die anderen drei in meinem Rücken spüren.

Sie waren alle da.

Ein großer Teil in mir war überglücklich. Ein kleiner Teil hatte jedoch Angst, dass dieser Moment schnell wieder zerplatzen konnte, wenn Kieran seine Meinung mal wieder ändern sollte..

Plötzlich spürte ich zwei sanfte Hände, die meinen Morgenmantel von meinen Schultern schoben. Jaros Duft stieg in meine Nase, während er sich vorlehnte, um meinen Hals zu küssen.

Cole trat an mich heran und umfasste von hinten meine Brüste. Er lehnte sich ebenfalls vor und küsste meine andere Halsseite. Kieran sah mir fest in die Augen. Die pure Lust in ihnen ließ mich nach Luft schnappen.

»Du wolltest uns alle haben, kleine Wölfin. Dann zeige uns, dass du es mit uns aufnehmen kannst.«

Als er mich jetzt küsste, war ich kurz davor, mein Bewusstsein zu verlieren.

# *Willow*

»Kommt zu mir.«

Kuros Stimme drang nur leise durch meine rauschenden Ohren an mich heran, dennoch setzten die anderen drei sich in Bewegung.

Kieran setzte mich in der Mitte des Bettes ab.

»Und wehe du wehrst dich jetzt. Heute Nacht gehörst du uns. Hast du verstanden?«

Schweigend nickte ich, während die Lust durch meinen Körper floss, wie flüssiges Feuer. Um mich herum standen die vier Männer, die irgendwie ein Teil von mir waren. Und ich konnte ihnen dabei zusehen, wie sie sich die letzte Kleidung vom Körper schoben und mit ihren harten Penisen vor mir standen.

Wie ein Kind, dass sich Süßigkeiten aussuchen durfte, wusste ich nicht, zu wem ich zuerst hingehen sollte.

Doch Kieran ließ mir gar nicht die Zeit, mich selbst zu entscheiden. Er schob mich über Jaro, der bereits bei mir im Bett lag. Ich lehnte mich vor, um ihn zu küssen, als ich eine Hand zwischen meinen Beinen spüren konnte. Bereitwillig hob ich mein Becken an.

Die Finger fuhren in meiner feuchten Mitte auf und ab, bevor sie in mich eindrangen.

Leicht keuchend unterbrach ich den Kuss, bevor Jaro mich dazu brachte ihn erneut zu küssen. Ich bemerkte gar nicht, dass sich Cole an das Fußende des Bettes stellte. Erst, als ich meinen Kopf hob, entdeckte ich seinen harten Penis vor meinem Gesicht.

Lächelnd lehnte ich mich etwas vor, um ihn mit meinem Mund zu umschließen.

Sein tiefes Stöhnen hallte in jedem noch so kleinen Winkel in meinem Körper wieder. Jaros Hände, die meine Brüste massierten und die Hand, die immer wieder sanft in mich eindrang, nur um anschließend über meinen hinteren Eingang zu streicheln, machten mich wahnsinnig.

Laut stöhnte ich, als ich eine Zunge zwischen meinen Beinen spürte.

Ich genoss die Berührungen der Männer, bis sich die Hand zurückzog. Coles ruhige Stimme holte mich wieder etwas zurück in die Gegenwart.

»Sei vorsichtig. Unsere Wölfin ist noch Jungfrau.«

»Nicht mehr lange. Entspanne dich, Willow.«

Ich ließ von Cole ab und wartete. Kuros Hände fuhren sanft über meine Wirbelsäule, bevor er meine Pobacken umfasste und sie leicht auseinanderschob.

Kieran kniete sich hinter mich, früher, als erwartet, konnte ich seinen Penis an meiner Haut spüren.

Nervös biss ich mir auf die Unterlippe.

Jaro zog meine Aufmerksamkeit auf sich.

»Sieh mich an, Willow. Kieran wird dir nicht wehtun. Wir sind alle da, um auf dich aufzupassen.«

Ich konnte die Hand von Cole auf meinem Haar spüren, als er mich sanft streichelte. Jaro hingegen legte seine Hand auf meine Wange und strich mit seinem Daumen über meine Lippen.

Spielerisch leckte ich über seinen Daumen, um ihn zu necken. Doch dann schob er ihn mir etwas in meinen Mund hinein. Kurz schoss mir der Gedanke durch meinen Kopf, dass das merkwürdig war, doch dann fing ich an Gefallen daran zu finden. Schließlich sog, leckte und knabberte ich freiwillig an ihm.

Dieses kleine Spiel stachelte die Lust in mir erneut an.

»Sie ist soweit.«

Langsam schob Kieran sich in mich. Zwar zog und zwickte es etwas, aber am Ende war es schön. Freiwillig reckte ich ihm meinen Körper entgegen.

Erneut war es Jaro, der meine Emotionen richtig deutete.

»Sie mag es. Du kannst dich normal bewegen.«

Kuro ließ von mir ab und trat zu meinem Kopf vor. Ich wusste nicht, was er wollte, doch ich wollte ihn.

Deswegen griff ich zu seinem Bein und zog ihn zu mir. So dicht zusammen, konnte ich abwechselnd ihn, sowie Cole kosten.

Vor meinen Augen erschien erneut das Bild, wie ich zwei von ihnen in mir hatte, während ich die anderen beiden an ihren Penissen liebkoste.

Von unten sah ich zu Kuro hinauf. Nur er konnte den anderen sagen, was ich wollte.

*»Bist du dir sicher?«*

*»Bin ich.«*

Er wandte sich an Kieran.

»Sie will, dass du den anderen Eingang nimmst.«

Kurz hielt er inne und sah irritiert zu uns hinüber.

»Woher weißt du das?«

»Ich kann ihre Gedanken hören. Und ab und an auch sehen. Glaube mir, sie will das unbedingt.«

»Bist du dir sicher, kleine Wölfin?«

Da ich ihm nicht antworten wollte, reckte ich ihm wortlos meinen Körper entgegen.

Kieran verstand meine Antwort und begann damit, meinen anderen Eingang zu befeuchten.

Bevor er jedoch in mich eindringen konnte, setzte Jaro mich auf seinen Penis. Mit einem leisen Stöhnen beugte ich mich vor, um Kieran mehr Platz zu schenken.

Das Gefühl, als auch Kieran langsam in mich eindrang, war unbeschreiblich. Alles in mir war in diesem Augenblick glücklich.

Jaro und Kieran begannen sich langsam in mir zu bewegen, während ich meine Augen auf die Penise von Kuro und Cola haftete.

Ich wollte sie ebenfalls spüren.

Als sie näher an mich herantraten, erreichte ich sie endlich. Lächelnd und mit dem größten Glücksgefühl, das ich jemals hatte, genoss ich einfach den Moment.

Unsere Bewegungen wurden intensiver, schneller und drängender.

Ich hatte das Gefühl, dass mit jeder Sekunde die verstrich, meine Leidenschaft und meine Gefühle für die vier intensiver wurden. Nur schwer konnte ich es mir erklären, doch irgendetwas veränderte sich in diesem Augenblick.

Die Uhr unten im Haus schlug Mitternacht.

Dies war der Augenblick, indem sich dieser merkwürdige, feste Knoten in mir löste.

Mit einem Platzen passierte alles auf einmal.

Während der neue Tag begann, entfesselte sich zwischen uns ein gewaltiger Orgasmus, der jeden von uns mitriss.

Und eine Erkenntnis schlug in mir auf und blieb dort.

Ich wollte sie alle, weil sie meine Gefährten waren.

# *Cole*

Mit einem Schlag schien alles so logisch und so einfach zu sein. Als wir uns aus Willow zurückzogen, warfen wir uns gegenseitig einen Blick zu.

Jeder von uns wusste es.

Die Gefährtenbindung hatte uns hemmungslos überrannt.

Wir gehörten zusammen.

Willow krampfte sich zusammen und atmete schneller. Kuro kniete sich zu ihr und strich ihr eine feuchte Haarsträhne aus ihren Augen.

»Du schaffst das, wir sind alle bei dir. Hab' keine Angst.«

Wir beobachteten, wie ihre Wandlung vonstattenging.

Willow verwandelte sich auf Kierans Bett in eine wunderschöne weiße Wölfin.

Die erste weiße Wölfin, seit so vielen Jahren.

Willow schüttelte und streckte sich. Anschließend beschnupperte sie jeden von uns.

Lächelnd kniete ich mich zu ihr und strich ihr durch ihr weiches Fell.

»Du riechst es, nicht wahr?«

Zur Antwort leckte sie mir über meine Wange und schmiegte sich an mich. Ein einziger Blick zu den anderen verriet mir, dass wir alle dasselbe dachten.

Jaro war derjenige, der unseren Gedanken aussprach.

»Dann wollen wir ihr einmal zeigen, was es heißt es ein Wolf zu sein. Kommt mit.«

Zu fünft liefen wir los, stürmten die Treppe hinunter und brachen als Wölfe durch die Haustür.

Unser Weg führte uns hinaus in die Nacht und in die Freiheit.

# *Kieran*

Die Erde schien unter unseren Pfoten so schnell zu verschwinden. Fliegen konnte sich nicht besser anfühlen als dieser Moment.

Zusammen, mit meinem Rudel, meiner Familie, die Freiheit genießen, war alles, was ich wohl jemals wollte.

Die frische Luft umwehte meine Nase und trug den Duft meines Rudels zu mir. Neben den Jungs, die wie meine Brüder waren, kitzelte ihr Duft meine Sinne besonders.

In dem Augenblick, als die Uhr Mitternacht schlug und ihre Verwandlung begann, war dieses Gefühl der Zusammengehörigkeit das normalste, auf dieser Welt.

Niemand würde es schaffen, uns auseinanderzureißen. Nicht einmal mein Vater, der die abscheulichste Bitte an mich gerichtet hatte.

Kurz flackerte meine Erinnerung vor mir, als mein Vater sagte, dass ich entweder einen Erben mit einer userwählten haben sollte. Oder zur Not, wenn ich immer noch keine Gefährtin finden wollte, auch meine Schwester nehmen sollte.

Als Tochter des Alphas und als Erntebraut, würde sie sowieso keiner mehr nehmen. Zu groß war die Verantwortung und kein männlicher Wolf würde die Kraft aufbringen, sie in seinem Rudel zu integrieren.

Zwei Arme schlangen sich um meinen Körper und ein Gesicht presste sich in mein Fell hinein.

Willow hielt mich fest, während die Erinnerung mich auffraß. Ohne es zu wollen, verwandelte ich mich zurück in einen Menschen.

»Was ist los, warum bist du so verletzt?«

Beruhigend schloss ich Willow in meine Arme und strich ihr über ihren Rücken.

»Beruhige dich, mir geht es gut.«

»Lügner! Wir haben alles gespürt. Was ist passiert?«

Da war ja etwas. Diese Bindung brachte ja auch die geteilten Gefühle mit.

»Ich habe mich nur meinen Gedanken hingegeben. Die sind etwas ausgeartet.«

Willow setzte sich auf mein Bein und sah mich aus feuchten Augen an.

»Sprich.«

Dies war wohl der Augenblick der Wahrheit. Keinem von ihnen konnte ich die Wahrheit länger verschweigen.

»Vater hatte etwas zu mir gesagt, bevor Calla und ich losgegangen waren.

Er wollte unbedingt einen Erben haben, als Absicherung, falls mir etwas geschehen sollte. Er selbst ist aber zu alt dafür...«

»Was ist mit deiner Schwester?«

Ich sah zu ihr hoch und schüttelte mit meinem Kopf.

»Er sagt, als Tochter des Alphas und als ehemalige Erntebraut, ist sie zu beschädigt, als das sich ein Wolf freiwillig um sie kümmern würde. Er sieht in ihr nicht mehr meine Schwester.

Er hat mir sogar gesagt, wenn ich keine Wölfin finde, dann soll ich sie nehmen, weil wir so vertrazt miteinander sind. Egal wie. Er wollte noch einen Erben...«

Als ich es endlich aussprach, stieg mir selbst die Galle hoch. Ich hasste ihn dafür, dass er solch einen Unsinn von sich gab.

»Und deswegen war ich so wütend, als die anderen anfingen dich zu mögen. Sie sollten Calla wählen, damit sie endlich in Sicherheit wäre.«

Willow lehnte ihre Stirn an meine. Diese sanfte, unbekümmerte Berührung, die heute so selbstverständlich und Gestern noch so unvorstellbar gewesen war, beruhigte mich augenblicklich.

Cole kniete sich zu mir und legte seine Hand auf meine Schulter.

»Es tut mir leid, aber du spürst selbst, wie stark die Bindung zu Willow ist.«

»Ich weiß und ich verübel es keinem von uns. Dennoch ist sie meine Schwester.«

Willow sah mich entschlossen an.

»Und somit wird sie immer ein Teil von uns sein. Wenn sie nirgendwo ein zu Hause findet, kann sie zu uns kommen.«

»Bist du dir sicher?«

»Das bin ich. Sie war immer gut zu mir und sie ist dir wichtig.«

Ich schloss Willow in meine Arme und vergrub mein Gesicht in ihrer Halsbeuge.

Sie gab mir damit das schönste Geschenk, dass ich mir vorstellen konnte.

»Wir sind jetzt eine Familie, ein Rudel. Wir lassen niemanden zurück, Kieran. Auch Calla nicht.«

# *Willow*

Langsam traten wir alle den Rückweg an. Die Beichte von Kieran hatte uns alle schockiert.

Kurz vor dem Mondpalast konnten wir die anderen Wölfinnen sehen. Zu viert standen sie in der Wiese und betrachteten die Welt um sich herum. Ich verstand sie. Denn auch ich konnte diese Veränderung wahrnehmen.

Neugierig musterte ich ihre Fellfarben. Ich konnte zwei braune Wölfinnen und eine dunkelbraune, fast schwarz erkennen. Die Dunkle kam zu uns und blieb vor Kieran stehen. Deutlich konnte ich Callas Duft erkennen.

Kieran strich stolz durch ihr Fell und neckte sie liebevoll.

»Du bist wunderschön. Aber du hast nur die Größe von einem Terrier.«

Wütend schnaubte Calla ihn an, doch Kieran lachte. Schließlich verwandelte Calla sich zurück und schlug ihren Bruder gegen die Schulter.

»Was soll das denn heißen?«

»He, aufpassen. Du darfst mich nicht mehr schlagen. Ich habe jetzt ein Rudel an meiner Seite.«

Calla sah zu mir und lächelte.

»Du bist seine Gefährtin?«

»Er ist mein Gefährte, genauso wie die anderen drei.«

Erschrocken sah sie zu Kieran hinüber, der ihr zunickte.

»Sie ist es, Calla. Unsere Göttin ist wieder bei uns.«

»Die weiße Wölfin?«

»Genau die.«

Langsam ging sie rückwärts, bis sie bei den anderen stand. Ich wusste nicht, was sie sahen oder wahrnahmen, doch schließlich war es Annara, die sich vor mir verneigte.

»Willkommen zurück, meine Göttin.«

»Ich bin keine Göttin, ich bin nur Willow.«

Cole schloss meine Hand in seine und lächelte mich liebevoll an.

»Du magst in deinen Augen nur Willow sein, doch wir sehen in dir mehr. Du bist die neue Hoffnung für unsere Reiche. Unter unserer Führung kann ein neues, großes Rudel entstehen. Jeder von uns, hat auf dich gewartet.«

Ich wollte ihm widersprechen, immerhin kam nur Unsinn aus seinem Mund. Doch als die Priesterin Ilara aus dem Mondpalast trat, spürte ich etwas Merkwürdiges in mir, wie eine unbekannte, jedoch intensive Verbindung.

Schwester Ilara trat vor und verneigte sich vor mir.

»Meine Göttin.«

Ich löste mich von den Männern und trat auf sie zu.

»Ich mag zwar jetzt eine Wölfin sein, allerdings bin ich immer noch die Gleiche.«

»Eure Fähigkeiten werden unser Rudel anführen. Eine Göttin muss nicht Blumen sprießen und Tote auferstehen lassen.«

Ich verzog mein Gesicht und überschlug vor meiner Brust die Arme.

»Dann bin ich keine Göttin. Ich bin nur ich. Willow.«

Die Männer traten an mich heran.

Jaro war es, der die Wahrheit aussprach.

»Aber du bist für uns unsere Göttin. Und unsere Luna. Das macht dich zur Luna des Landes. Ob du es willst, oder nicht.«

Ich verdrehte meine Augen und nickte ihnen zu.

»Gut, und meine erste Amtshandlung ist, dass dieses Göttinnen Getuschel endlich aufhört. Und Calla.«

Calla wandte sich zu mir herum.

»Kieran hat uns von eurem Vater erzählt. Solltest du in deinen Augen kein zu Hause mehr haben, bist du bei uns immer herzlich willkommen.«

Sie lächelte verlegen, dennoch nickte sie.

»Ich hätte dich jetzt sowieso fragen müssen, ob du mich in deinem Rudel aufnimmst.«

»So?«

Sie ging zu Schwester Ilara hinüber und schloss sie liebevoll in ihre Arme.

»Ich habe meine Gefährtin gefunden.«

Kieran klappte der Mund auf, während wir ihr gratulierten.

Die Wolken zogen vorbei. Der Mond beleuchtete den Mondpalast. Der Stein an meiner Halskette begann zu leuchten. Interessiert warfen die anderen einen Blick auf meine Halskette. Kieran war es, der den Stein in seine Hand nahm und ihn genau musterte.

»Was ist denn?«

»Woher hast du diesen Stein?«

»Den hat mir meine Mutter geschenkt.«

Er sah zu uns hoch und lächelte mich an.

»Diese Mondsteine gibt es nur an der Küste des Nordens. Es ist nicht leicht, einen von ihnen zu finden.«

»Wirklich?«

»Wirklich.«

Liebvoll strich ich über den Stein und lächelte.

»Er ist genauso besonders, wie meine Mutter es war.«

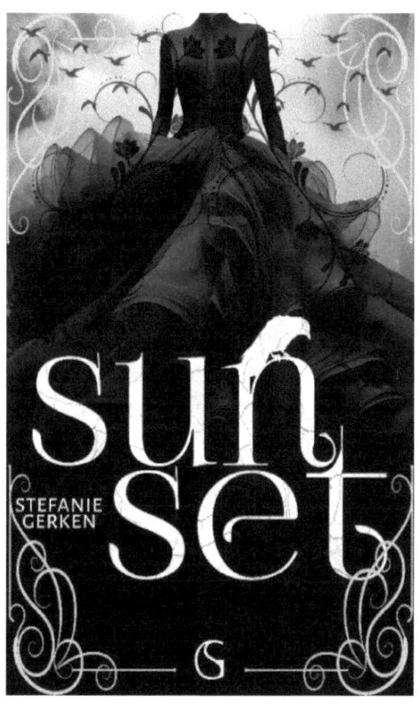

Die Suche nach einem vermissten Mädchen führt Elizabeth Montgomery nach Sunset. Die Stadt, die sich der Finsternis verschrieben hat.
Schnell gerät sie in einen Strudel aus Lügen, übernatürlichen Wesen und einem unbekannten Verlangen. Als auch noch ihre eigene Vergangenheit und ihre unmittelbare Zukunft zusammenprallen, stellt sie sich selbst eine Frage.
Ist sie vielleicht schon lange ein Teil dieser übernatürlichen Welt?
Nur einer könnte ihr diese Frage beantworten.
Doch, wenn er vor ihr steht, denkt sie nicht mehr an ihre Frage, sondern nur noch an ihn und was sein Biss in ihr auslöst.

Das PNPD und der Vatikan schließen sich zusammen, um den Drogenhandel eines Dämons zu stoppen.
Doch als die Agenten Catalina und Lucan tiefer in die Ermittlungen eintauchen, entdecken sie, dass die Wahrheit viel düsterer ist, als sie sich vorgestellt haben.
Während sie ihre Spuren verfolgen, müssen sie sich auf einen Kampf vorbereiten, der über ihr eigenes Schicksal entscheiden wird.